平静

王铁仙 —— 著

华东师范大学出版社

目录

宁静是一种高贵的态度

——序王铁仙散文集《平静》

赵丽宏

　　王铁仙先生的散文集《平静》即将出版，铁仙先生希望我为他的新书写一篇序，心里既高兴，也有点惶恐。

　　王铁仙先生是我的老师，在华东师范大学中文系上学时，他的现代文学作品欣赏课，是学生喜欢的课。他讲鲁迅的散文，讲徐志摩和李金发的诗，讲郁达夫的小说，都不是简单的介绍，而是独具个性的解读。记得他讲解郁达夫的短篇小说《春风沉醉的晚上》和《迟桂花》，柔石的《为奴隶的母亲》，把作品分析得丝丝入扣，讲得引人入胜，课堂上气氛活跃。对鲁迅的人格和创作风格，铁仙先生有自己的见解，当年在课堂上讲鲁迅的散文《风筝》，他就解读出很多文字背后的情愫和意蕴。他喜欢同学的质疑和提问，从不摆老师的架子。他说："你们可以不同意我的观点，可以坚持自己的看法。我的观点也许不高明，但我是真心这么认为的。"他还说："如果你们觉得我的课太乏味，可以在课堂上做别的事情，看书，写文章，打瞌睡，或者离开，没有关系。"说这些话时，他的态度诚恳，没有一点造作。然而他的课，恰恰是大家欣赏的。毕业后，王铁仙老师一直和我保持着联系，关心着我的创作。他后来当了华东师大的副校长，但还担任着博士生导师。多年前，上海文艺出版社出版了我的四卷本自选集，铁仙先生仔细读了我的书，还写了一篇热情中肯的评论，发表在《文艺报》上，使我再一次感受到老师的关怀。

　　铁仙先生对自己的定位，是教授和文人。这些年，不断读到他的新作，他研究鲁迅，解读瞿秋白，对现当代文学的种种现象，发表很有见地的论述，做过有深度的分析。他也写一些抒写性灵的散文，虽然数量不多，但偶有所作，总是让人心动，让人窥见一颗历尽沧桑仍保持着纯静的赤子之心。

　　散文集《平静》,荟集了铁仙先生这些年写的各种题材的散文,是一本有着睿智见识的学者散文,也是一本表达了真性情的文人散文。全书共分七辑,前三辑"永远的山永远的树"、"宁静境界"和"丽娃河畔",是抒情散文和随笔;后四辑"白如霜雪　坚似磐石"、"人性的探索"、"始终如一的启蒙主义"和"文学的力量",是说文论史的散文。这本集子的很多文章,我以前读过,如《鲁迅的魅力》、《诗人瞿秋白》、《白如霜雪　坚似磐石》、《率真的人》、《大学人文精神谈片》等。他谈我的散文的那篇评论《永不厌倦的优美的歌》,也收在这本集子中,重读他语重心长的话语,让我感到分外亲切。

　　铁仙先生是瞿秋白的嫡亲外甥,也是国内研究瞿秋白最权威的专家。这本散文集中,有多篇有关瞿秋白的文章,都是有份量有见地的力作。对自己的舅舅,铁仙先生当然有不同于常人的感情。但是他还是以一个学者严谨的态度,对瞿秋白心路历程和世界观、文学观作了恰如其分的有深度的分析。读者会记住他对瞿秋白的评价:"瞿秋白确实是一个温文尔雅的知识分子,《多余的话》确实表达了他临终前的真实心境。但是瞿秋白的儒雅风致后面有英雄的胆识,文采风流里面是一以贯之的崇高信念,复杂矛盾的意绪中间弥漫着凛然正气。而且后者是主要的。"散文集中《相通相契的心灵档案》一文,揭示了鲁迅和瞿秋白的友谊之谜。此文最初发表在我主持的《上海文学》上,文章刊出后,被很多读者称道。铁仙先生对两位在中国现代文学史上举足轻重的人物的解读,对他们的性情、品格和世界观、文学观的分析,对他们之间的真诚相待、互相理解和帮助,作了生动精到的描述和论述,这是两颗相知相契的心灵之遇合。此文的最后,铁仙先生如此结论:"人的心灵,是比所有可见的事实加在一起都还要广阔深邃的世界。心灵的奥秘来自于人性的多重结构、情感的细微曲折,是探索不尽的。心灵的相通相契同样复杂微妙,尤其是在这样两位杰出人物之间,无法只用抽象的理论、逻辑的推理来破解,也是探索不尽的。"

　　这本散文集中,有几篇写人物的文章,给读者留下很深刻的印象。这些人物,都是华东师大的名教授,许杰、施蛰存、徐中玉、钱谷融等,他们也是我熟悉敬重的师长。铁仙先生的文章表达了自己对这些前辈由衷的敬佩。读铁仙先生的文章,使我对这些师长有了更深的认识。铁仙先生的这些人物散文,以真挚的情感、平实的文字、生动的细节,一一刻画出几位前辈的个性和风范。譬如《钱谷融的文学情怀、识见和格调》一文,在我读到的众多写钱先生的文章中,这是留给我印象最深刻的一篇。在这篇文章中,铁仙先生不仅谈了钱先生的学术成就,谈他讲课的魅力,谈他做学问的睿智,也以自己的亲身经历，写出了钱先生为人的真诚和宽容。"钱先生文内文外，言谈容止，都透出文学的气息。简直好像是文学的化身。""坚持真理，又温柔敦厚，这是钱先生为文为人的格调。"文章中有这样一个情节："记得多年前我在他家里遇到一位外地来的同行，坐下不久就大声地、与人争论似的滔滔不绝讲他对某个文学问题的看法，也不管人家听不听，有点粗鲁。我有点反感。钱先生好像注意到我的神情，待他告别后，钱先生对我说，这个人是很真诚的，他坚信自己的观点呀，不要看不惯这样的人。"

铁仙先生自己也是一个性情中人。他生性淡泊，热爱生活，热爱自然。他的性情，很自然地流露在自己的散文中。集子中有一篇很特别的文章《虚拟我的大学校园》，写的是铁仙先生作为一个大学教师谈理想中的校园。他说："我们不能因改建校园而失去一些地方的淡淡历史感和艺术气氛，因为这些对于人的情感、人的心灵的养育，并不是可有可无的。说到头来，对于人的精神生活，本来就需要一些非实用的东西，一点仅供欣赏、使人轻松、给人怡悦的东西，人生才不至于干枯。"他喜欢草坪："草坪有什么用？但是你看啊，那绿茵茵的草坪，永远不使人感到多余。"面对被破坏的校园，他想起了杜甫："物质贫困的杜甫曾经歌唱：'安得广厦千万间，大庇天下寒士俱欢颜，风雨不动安如山！呜呼，何时眼前突兀见此屋，吾庐独破受冻死亦足！'在物质丰足的今天，我则要夸张地学舌一句：'呜呼，何时眼前突兀见此园，吾庐独陋受穷心也甘！'"他以文学作品来比喻校园："我觉得，规模大的大学校园如长调，小的高校的校园如一首小令，或者如长短不同的诗、散文。一个校园是否值得称道，是不是'绝妙好词'，是不是'美文'，就要看它是不是有境界。"

我喜欢集子中几篇抒写性灵的短文。如《平静》、《独处》、《永远的山 永远的树》、《人生不老水长流》等。这些文章，篇幅短小，文字淡雅，感情却挚切深邃。在这些文章中，不时能读到触动人心的文字："不再年青的人的生命里，是否就没有或不再有春天的景象了呢？我想不是。这是因为，人的生命，不仅是一种自然的存在，还是精神的存在，而且精神是主体。……年青的躯体会慢慢衰老，精神却可以保持热力，并不必定因衰老而冷却、灰暗。"《永远的山 永远的树》，写自然，也写人，由自然的山和树，写到一个他熟悉的人，"一个很普通的高校干部，一个很平凡的人"，老汤。文章中写了铁仙先生和老汤交往的一些小事，淡淡地写来，却感人至深。他在文中发出这样的感叹："我深深感到，对杰出和平凡难以作出绝对化的评判。我接触过不少知名学者和其他名流，接触多了，有的实在不能令我敬重。倒是不少平平常常像老汤的人，给我留下不可磨灭的印象。"在写人之后，他又写到了自然："大地上永远存在或者总会生长出来的山丘林木,却能给人以沉静的力,给人以永远的怀想。就是在戈壁大漠荒滩上,也是如此,甚至我们会感受得更深。人自身也何尝不是如此? 朴实的品德和合群的理性,就是人的最自然的也是很可宝贵的品性,它植根于人的一般本性之中,就像自然界的山丘林木一样,普遍而永恒。"

在这些性灵散文中,读者可以发现铁仙先生的生活情景和精神状态,譬如在《独处》一文中,他这样描述自己的生活:"有点闲暇时,我最希望做的,是在家里独处一室,整理好杂乱的书桌,收拾出干净的一角小天地,静静地呆一会,或者在校园僻静的小路上走一走,让一直处于紧张状态的神经松弛下来,让头脑里纷扰的思虑渐渐消散,就好像是战地上尘埃落定,恢复平静,从忙碌的人堆里这么暂时超脱出来,真是愉快的休息。我不看一般性的电视剧,也是这个缘故,自己刚从纷纷扰扰的人事中来,又何必再来看人家的纠葛呢? 这么独自平静着,有时,会心里一亮,忽然悟到在人堆里忙碌时某个想法、说法的错误,不期而至地冒出真正的好主意来。……譬如今天天热,我读一首宋诗:'纸屏石枕竹方床,手倦抛书午梦长。睡起莞然成独笑,数声渔笛在沧浪。'默默地借它言自己之志抒自己之情,会仿佛在这烦嚣的都市听到了远处清亮的笛声。"

铁仙先生用《平静》作这本散文集的书名,这也是他借此抒怀,表达出自己的心境。正如他在文章中说的:"宁静是一种令人愉悦的气氛,是一种高贵的态度,是一种美的境界,是人可以创造的。"铁仙先生用他的文字,创造出了这样的境界。

2017 年 9 月 7 日深夜于四步斋

辑
一

永远的山　永远的树

春节礼赞

春天来了。

一个"春"字，诗意盎然，春节是最有诗意的节日。把夏历（农历）正月初一及以后的几天称作"春节"，大概是解放后的事，但以春季之始作为一年的开头，是我们古人的历法所规定。迎接新年，也就是迎接春天。此时严寒已去，风和日丽，大地欣欣向荣，生机蓬勃，万象更新。人们充满希望，为"一年之计在于春"的信条所鼓舞，重新安排一年的生计，尤其在广大的农村是这样。而解放后的定名"春节"，也真是定得好。它道出了先人立"法"之深心，提醒世人对"春天"须重视，又表达出百姓迎接春天的欢乐。现在常有人说到我们的民族性格中比较缺少活力，不大有进取精神，也许是吧，说不明白。但就我们祖先对春之初的重视来说，我们是很珍视和向往生机、活力的，只是不像有的民族那样，飞扬奔放，锋芒毕露，如狂风烈日；而是含蓄蕴藉，持久坚韧，如和煦的春风，滋生的草木。所以古人有诗句云："欣欣此生意，自尔为佳节。"

春节又是人所共享的最"普遍"的节日。男女老少，国人"老外"，普天同庆。我们有儿童节、青年节、妇女节等固定的节日，但它们会渐渐与一些人脱离关系，或者本来就没有关系；别的国家有各种"等级"的节日，如圣诞节、感恩节、情人节等等，更加名目繁多。我们当然是十分尊重，有时还揣测这些节日在他们心里的份量和对于他们的深意，但终是不甚了然，无法跟着他们高兴起来。当然，还有一个国庆节，对于我们是非常重要的，我们也邀请外国友人（在我的学校里，许多留学生和外籍专家）一起来庆祝，但他们总是显得有点隔膜，不能感同身受。唯有春节，不但童叟无欺，男女无别，而且"老外"也能领悟，一起快乐。因为骀荡东风，浓浓春意，是大自然的赐予，谁不能感受？

春节既属于一切人，蓬勃春意也可充塞于每个人的心怀。春意确实主要是青少年心里所有的，因为他们正在生命的春天。我曾经为了编好高中语文课本，看了高中生的一些作文，还几乎全部读完一所中学的三本高中生的优秀习作集，为之作序。我读那许多文章时，少年的那种真挚、坦诚、朝气、锐气和美丽的思绪，扑面而来，使我羡慕，使我感动。但同时我想，包括自己在内的许多不再年青的人的生命里，是否就没有或不再有春天的景象了呢？我想不是。这是因为，人的生命，不仅是一种自然的存在，还是精神的存在，而且精神是主体。年青人的躯体如一团火，一般说易蒸腾起高昂的精神，呈现出生命的灿烂；但生命的灿烂，主要是靠精神的火焰，靠一颗燃烧的心。年青的躯体会慢慢衰老，精神却可以保持热力，并不必定因衰老而冷却、灰暗。苏轼说："谁道人生无再少，门前流水尚能西。"他说的"流水"，应非自然的水，而是心灵之泉。我在现在许多年已"古稀"的人身上，正看到他们的不老的心带给他们的生命的灿烂，并且有更斑斓而浓烈的色彩。甚至我们还知道有"死者青春长在"这么一句话，就是说有的人即使躯体已灭，别人还仍然会觉到他生命的存在。在春节里说生生死死，好像不大恰当，其实我说的是生命的永恒，正与前人以春节为佳节的用意相同，是对年年都来的春天的赞颂。

春节来了。春天来了。春天年年会来，让人赞颂不尽。心里留住春天，永远充满活力。如果你曾经失去，即请伴随着春节，将其召回，让心田回黄转绿，欣欣生意再度蓬勃。

人生不老水长流

　　许多人宣告 2000 年是新世纪的开始,不少国家在 1999 年年末狂欢,迎接新世纪。后来人们又说 2001 年才进入二十一世纪,又要迎接新世纪了,弄得我有点糊涂。听说正确的划分,确应从 2001 年算起,因为公元纪年,并非从零开始,而是从"1"开始,所以现在更应郑重其事地迎接一番,跨到新世纪去。但实际上,不管怎么说,纪年不过是纪年而已。并非到了 2001 年的第一天凌晨,忽然会光景大变。时间如自然界的长流水,长流无间断,"抽刀断水"只会觉得"水更流"。进入新世纪无需"跨",自然地就进入了。我们只愿国家、民族和我们每一个人自己,总如浩荡活泼的流水,长流不息,不舍昼夜,奔腾向前。

　　对于我们每个人来说,在浩渺宇宙、永恒时间面前,都是很渺小的。不过每个人都有他的价值,过了一年,天增岁月人增寿,还是应该标上个分号,以志纪念的。我到 2001 年 2 月满六十周岁。对于人的年龄段,现在世界上倒好像有个统一的说法:满六十周年后算"老年",因此我是随着进入新世纪而走向老年了。但其实这也只是说法而已,并非六十岁一过,人忽然老了起来。现在国家正在走向"小康"途中,人的寿变长,如果加上心态不老,也可以不言老,六十岁何妨当四十岁看待呢,仍然可以不舍昼夜,"干事出活"。

　　当然新年、新世纪还是应该迎接的,时间的观念这时能给人一种力量。新的一年、新世纪的第一年的意识,除童蒙以外,无论老、中、青、少,会像一座巨大的信号灯,成为自己计程的新起点,自励一番;并且当日后"回头看"时,可为自己的成败算一笔账,甚至你离世之后,其中的"成就",还会在人间如水长流。

永远的山　永远的树

　　九十年代末到敦煌旅游,从兰州出发西行。经过河西走廊,经过戈壁荒滩。一路都可见到远远的山影,近处的土丘,和路旁高高的白杨树。这里的山丘大多平缓,且处处黄土裸露,绿色不多,也无人工景物的点缀,但并不失其秀美。这里的白杨树枝叶紧裹树干一体朝上直冲云天,好像凝固了的巨大的火苗,更令人神旺。戈壁滩上,山丘树木当然要少得多,使它显得异常广阔,仿佛无边无际。然在那里偶尔看到几棵树,或一抹远山的影,觉得格外的绿,格外的淡,韵味悠然。

　　可能是因为外物少了,天地间寥廓清明,人的心胸也从未有过地沉静、空旷起来,久埋在心里的事倒能浮现于眼前。我这时特别清楚地想起了老汤同志的种种。1995年,我曾和他一起来过兰州开会;如今,他早已远去,而我在这里行进。他去世以后,我曾几次想为他写一篇文章,但提起笔来,又觉得没有什么可写,因为他太普通了,只是一个普普通通的高校人事处长,此外没有任何引人注意的职务,也没获得过什么大奖,就像这平平常常的山,平平常常的树。文章一直没有写,但心里是没有忘记他的。

　　他的死非常突然。那天上午,我和他以及新任的师资办主任,一起讨论如何向院人事干部初步布置本年的技术职务评聘事宜,师资办主任又应怎样在会上阐述清楚。字斟句酌,弄得很疲劳。完了后老汤还有点发呆,说是有一个非教学和科研性的单位的领导对这个方案还有点意见,最好会前再和他们谈一次。这时已是中午十二点半了。我说你也太认真了,方案已经过党委讨论同意,具体问题会后再谈不迟,何况这是初次布置。他就不再说什么。中午他没有回家,下午列席校领导班子的会议。这个会开始不多久,老汤忽然一声不响走出门去,到得楼下厕所门口,摔倒在地。有人忙去扶起,他只低声说了一句:"没啥,大概我中饭吃得太少……"随即昏迷。急忙送到医院,拖了几天,终于不救。老汤生前,并没有器质性的病。除了过于劳累,大家找不到其他原因。人事处的人对我说，平日他在紧张的工作停下来后，还常常会一个人坐在那里，思前想后。有时在家里也是这样。他是把学校的事业完全当作自己的事业的人。他对待自己承担的那份工作，好像一个学者对待自己远未完成的精心之作那样，殚精竭虑，不断深化，力求完善。并且有的事，学校并没有要求他们处去做；他想到了，会主动提出来，列为处里的一项任务，其中有的还是很难办的事。这样当然更加重了他自己的负担。

老汤比我年长一岁，又有才干，我是很尊重他的，而他并不因此有骄傲之态，自行其是。另一方面，他对领导也不是惟命是听，常在讨论问题未作结论之前，力陈自己不同的看法和主张。当我们的工作有了缺漏，他则会默默地做一些"补台"的工作，不露声色。对于同级和下级的长处，他不当面称赞，却在我面前流露出由衷的赞赏。对于原来学院里的熟人、好友，他很讲情谊，但在一些原则问题上却很坚持，不怕得罪。不过事过之后，他与其和好如初。因而我觉得他又是一个能干而厚道的人。我想，人事处的工作和同志间的团结合作一直很好，大概与老汤的这种性格、作风有关，而既能干又厚道才德兼备的人，实在是不多的。

我在这里琐琐屑屑地讲他的这些"事迹"有什么意义呢？他不过是一个很普通的高校干部，一个很平凡的人，我也只能写些这样的小事。但在我有了长长的人际交往经历之后的今天，我深深感到，对杰出和平凡难以作出绝对化的评判。我接触过不少知名学者和其他名流，接触多了，有的实在不能令我敬重。倒是不少平平常常像老汤的人，给我留下不可磨灭的印象。我认为，现在社会上对明星们讲得太多，对优秀的普通人说得太少。而实际上正是许多默默无闻而忠于职守、乐于负重、少计个人利害的人们，在支撑着我们的集体的事业。没有这种支撑，谈不上发展，也不会有辉煌。你看许多风景胜地，处处华丽巍峨的亭台楼阁，碑碣牌坊，上有斗拱飞檐、画栋雕梁，周围繁花密叶、清泉飞瀑，都是由平常的山丘林木负载的。但那些人工景物，年久失修，就剥蚀残破，甚至被废弃于一旦，难看得很。大地上永远存在或者总会生长出来的山丘林木，却能给人以沉静的力，给人以永远的怀想。就是在戈壁大漠荒滩上，也是如此，甚至我们会感受得更深。人自身何尝不是如此？朴实的品德和合群的理性，就是人的最自然的也是很可宝贵的品性，它植根于人的一般本性之中，就像自然界的山丘林木一样，普遍而永恒。

山无言，树无言，但它们永存，不会消失。

平静

人生就是连续不断的故事,一连串的故事完了,人生也就结束了。有斑斓动人的故事,有灰暗恶俗的故事;前者我们乐于传颂,后者我们不愿倾听。而更多的平常而其实富有意味的故事,我们是否曾细心地去感受它们?我们不能常常遇见姹紫嫣红的花丛,然而可以时时赏鉴一片片光洁的、绿色的树叶。它们最平常不过,但实在是大自然的底色。许多平常而富于意味的故事,正有生命的真意在,正是它们演绎成了普遍而值得赞美的人生。

我有好多年经常须主持料理单位里人员的后事,又经常是人事处副处长崔帮我料理。他少言寡语,平平静静,视作一般事务却又郑重其事,办事非常仔细、妥帖,我的心情很受他的影响,而抚慰对象及其家属又好像受了我们的影响。一位年资较深的教授在弥留之际对他爱人说:我的追悼会看来是由老王主持的了,也是说一般事务的口气,十分平静。还有一位较年轻的老师,因患绝症自知不起,来日无多了,我去医院看望他,问问家里有什么困难。他稍和我聊聊过去我们一起在干校劳动的往事,说到家里,告诉我他的女婿是某某,是很好的人,一家很幸福,没有什么可牵挂的,脸上还浮起了笑容。我和崔送别这样的人时,心里不免感伤,但也觉得温暖。我好像是看到一片树叶变黄了,正在飘落,不失优雅地飘落在地面上、泥土里,然后消失。我们当然也目击过很多因名利而酿成的人事纠纷,还纠缠个不休,不过崔几乎从来不说这些。我以为他生性忠厚,视而不见。不想有一次我和他从龙华回来,他对我说:多去几次殡仪馆,就知道为一点自己的事争来争去,真没有意思。

这时我们正走在我心爱的校园的大路上,看惯了的一棵棵高大的梧桐树在风中飒飒作响,满树茂密的绿得可爱的树叶这天分外引我注意。我还忽然想到不记得是哪位名人说过,应当以出世的精神,做入世的事情。崔绝非名人,也不一定知道有这句话,但我却是因他而特别想起了这句话。很多位高名重的人物的嘉言懿行,我当然也记得一些,却没有这句话和这些小事那么打动我,就像我觉得随处可见的树叶,其实在种种不同的形状、纹理和季节变换中的色彩里,有更耐看的美丽。

两个女孩

　　在美国圣迭戈一家小公司临时打工的高中生米雪儿,才十六七岁,停车时不小心撞坏了旁边的车子。她不假思索,就在这车上贴了一张纸条,表示歉意,并写上自己的名字和电话号码,请车主与她联系,她来赔偿保险公司支付之外的钱。到公司后不久,那位车主就来电话联系了。

　　老板知道了这件事,心有所动。因为圣诞节快要来临,已到处弥漫着欢乐的气氛,他刚刚为了给手下十来个员工一个"惊喜",例外给每个人发了 250 美元,让他们外出两个多小时去买自己需要的东西,给自己庆贺节日。待大家陆续回来,嘻嘻哈哈互相展示所购之物时,老板把这件事告诉他们,称赞米雪儿这么年轻,就有这么强的责任心。他建议每人把购物后余下的钱捐助给米雪儿。这个建议,人人响应,凑起来共200 多元给她,觉得完全应该这样做。不料米雪儿拿钱在手,一下子大哭起来,泪水涟涟,感动极了。

　　这是当时我在那个小公司工作的女儿打电话时和我谈起的真实故事。这故事很简单,并不曲折玄奥,这女孩的心也很"简单",并不光彩照人。但我一听之下,却比那个老板还要感奋。因为我忽然想起,在《朝花》副刊"意味故事"栏里曾有一篇《寻找证人》,也是说一个女孩,在路人奋力帮她夺回被歹徒抢去的包和手机后,不但没有道一声谢,而且迅速离去,致使救助者遭歹徒砖块、重拳袭击却找不到目击者,因而蒙上"斗殴"的嫌疑。相比之下,我看到那个米雪儿的心的透明纯净,她才小小年纪就知道要对别人负责,得到小小的帮助就知道感恩。这么一想觉得这故事还真值得品味,值得记载下来。

辑
二

宁静境界

永不厌倦的优美的歌

　　赵丽宏几十年来持续不断地出版了许多诗集、散文集。读他的作品,常常会引起我的深思:他为什么有如此活跃而恒久的文学生命,会有那么多新作佳构流泻于他的笔端,并且一直受到读者的喜爱,历久不衰?

　　用两三个安静的夜晚,潜心翻阅了他赠送于我的四卷本《赵丽宏自选集》,我忽然悟到了原因,那就是他始终有着对青春、对活泼的生命、对真挚的爱和一切脱俗的美的坚执和深情。1994年他在《我的"写字"生涯》一文中说,他至今保持着最初写作时的"对大自然、对青春和生命的热爱";1991年他在《落英缤纷》里写他几十年后与爱人相对,觉得仍然"心儿清纯如当年"。我以为,赵丽宏作品中这些被他视为"最珍贵的东西",并不深奥玄妙,原是人人心中所有的。与众不同的,是在于他特别执著,特别深情,从不转移,从未改变,并且一次一次地为这种珍贵的东西的闪现而真诚地感动,不知厌倦。而我们不少人,这多年来,被"千变万化"的世界遮蔽了原本清纯的眼光,渐渐转移了求真爱美的心志,不知道珍爱那些人性中珍贵的东西,并且自己还没有意识到这一点。读赵丽宏的散文和诗,我们会忽然觉得这些文字把我们失落的东西"唤回"到我们心中来了,怦然心动,感到真正的"自我"的回归,于是产生喜悦之情,甚至是一种惊喜。这就是赵丽宏的作品一直能够吸引众多读者、魅力不减的原因。

　　赵丽宏还常常是在寻常的事物中发现美,感受美好。他关注、同情并赞美的人物,大多是一些善良纯朴而被冷落甚至被侵害的心灵。他在"扫地阿婆"、"自清好公"、残疾老人等极为普通的人身上发现一种凄清的美,心里怀着温爱,写下对他们的良好的祝愿。这样的作品当然会使他的同是普通人的读者觉得亲切,感受到一股暖意。同时我发现,赵丽宏追慕的美的最高境界是"宁静"。对于上述那些善良纯朴的人们,我觉得他最赞赏的是他们精神上的宁静。对于音乐也是这样。他非常喜爱音乐。但是他说他喜爱的是西方古典音乐,因为"它使人宁静,引人走向美妙的境界",他常常沉浸其中,描绘和追寻变幻着的深深意象,捕捉串串音符里飘然而生的悠长思绪,"荡涤我心中的烦躁",超离烦嚣的尘世进入人生至美的境地。甚至欣赏自然景色,譬如说观看庐山的庐琴湖,也不喜欢大风起时汹涌的波浪,或太阳直射下光芒四射如火海,觉得它失去了平静的湖面的"优雅";他要看的是"宁静安详的湖……一幅辉煌而略带凄凉的画面"。古人说,"非宁静无以致远",正是如此,在宁静的境界里,赵丽宏觉得心灵有最大的自由,会在这时沉入"遐想",他的思绪会飘向生活中不能抵达的遥远而美妙的地方,看到无法言喻的和谐和美丽。

宁静是一种超越世俗的人生态度,在现在更加可贵。现今的人们太想制造"热点"和"亮点"了,简直到了一刻不停的地步,不然就觉得寂寞难耐。而宁静,却使赵丽宏与这种世风隔绝。他没有哪一时特别"热"于某种题材、某种方法、某种观点,也没有哪一篇作品突然引起了"轰动效应"。他像他所崇敬的中外文学先辈们一样,始终朝着高尚人生和真正的文学的固有目标,反复地无穷尽地探究、揣摩事物的底蕴、人生的真谛和艺术的美的奥秘,"唱着永不使人厌倦的优美的歌",结果它们不是一时而是时时激起许多质朴、明敏的心灵的共鸣。宁静,也造成赵丽宏特有的审美意趣。在宁静的心境里,他的感觉特别纤细,他的感情蕴藉幽深,因而他总是敏于感受寻常场景和生活细部的细微奇妙之处和不易言状的韵味情致,细腻婉曲地描摹、传达出来。有时候,他的生活就处在审美状态里,"喝茶的过程会成为审美的过程",回忆往昔小贩的叫卖声,俯瞰都市的屋顶、街面,也会在他笔下形成审美的幻象。女声的叫卖声似有婉转迷离的旋律,在弄堂飘旋回荡,仿佛是映照在天花板上的阳光的一部分,引他走向田野和山林;连片的石库门屋顶像起伏绵延的原野和丘陵,晾着的彩色衣物如荒土和岩缝中长出的小芽和小花。真是"砍柴担水,无非妙道",都有诗,都有美。其文字表达,也总是如此具体而微,决不用"美轮美奂"之类的成语套话笼统含糊地对付过去。更不必说他如何细心地观察一件古陶一块奇石而产生美妙的心情及对此所作的细致刻画了。读着他的散文,真觉得我自己的生存状态包括语言,真是太粗糙了,不由得生欣羡之意。我想这是赵丽宏的作品吸引人的又一个原因。

当然,赵丽宏也有愤怒揭露罪恶、辛辣嘲讽丑陋的作品。如第一集第一篇颇长的《遗忘的碎片》和同一集中十余篇类似笔记小说的"文革"旧事,画出了种种他久久不能忘却的人的残忍、野蛮的兽性肆虐的场景,我们从他这否定的一面上,同样深深感受到他对美好人性的坚执、保护和呼唤,甚至更强烈地感受到他的这种态度的真诚,他似乎深恐它们会重新出现,破坏这光明美好的世界。多年前,他的散文集《岛人笔记》曾引起很多读者共鸣,就不是偶然的。但是对这类事物的描写,与他的审美意趣不能一致,难以契合他的审美需要,因而缺少这类主题的作品所需要的雄强和刚健,在艺术上稍逊于上述大量优美的篇章。但这是不能勉强的。作家只能也必须坚守"所长"克服"所短",在坚守中深化和丰富,只能顺着他固有的性情而增益他的艺术的力。纵观赵丽宏几十年来的创作,他正是在走着这样的路。

在日常生活的审美中安放身心

读着龚静的《上海细节》，我忽然想起曾看过的她的一篇《张岱雪意》。龚静是很喜欢张岱的文章的，赞赏这位深受公安派、竟陵派影响的晚明文人对于人生高远超脱的审美态度和清澈空灵的文章境界，倾慕那种"独抒性灵，不拘格套"、"幽情单绪，孤行静寄"的艺术追求，表现"真性情"。不过张岱既喜雪中天地的"大静"，也"极爱繁华"的热闹。龚静却只喜静静地寄情于日常人生，记下城市生活的"余情"。

在上海闹市中，吸引作者的是小马路、老弄堂和从里面走出来的干净斯文的老夫妇，是有条不紊地做家务、休息时舒服地坐在藤圈椅中专注地看散文小说的"底楼女人"。作者更倾心于大自然里沛然的生命和一切本真的事物，包括采摘下来的新鲜本色的花草果蔬，还有不放香精、苏丹红等添加剂的青团、绿豆糕、橘红糕等食品，品味那种原来的味道。作者常说到她的外婆如何做酒酿、糖藕等等，那种醇正滋味，清甜，微香，令她久久怀想，仿佛她现在写的时候，就在慢慢品味。

作者并不厌弃城市，离群索居。城市确使得生活便捷和舒适，但城市又确实常使人受到迫压，或觉得虚玄。因而她喜欢看天，看云。秋天某一天下午四点半，她看到上海"难得的晴朗疏然的蓝天"，充满了感情，因为这让她"想起了山林的黄昏"。她希望常在此刻有余闲看云，看飘浮着的云形状、颜色的变化和云的聚散，"此刻看云，看云此刻，无数的此刻，缀起生命和存在"。她好像得到天启，觉得人的生命在和大自然的亲近中更加充实和美丽。

作者很不喜欢繁华、热闹。她虽生性温雅，有时也不免对消费主义激流下的许多"繁华"乱象、怪象发出尖锐的讥刺。她说现在人们热衷于"消费欲望"而非消费商品本身，"不断地命名生活，就如同引领一列欲望号街车呼啸往前，没有一刻停下来的迹象"，生怕错过了什么。目前，她既"无法背过身去"，就淡然面对，潜心发现日常生活细节中藏着的丰盈和神妙，慢慢地回味、欣赏。她感受到，芸芸众生的小小悲欢离合中存留着暖意，校园、社区的一草一木，哪怕有些凌乱，也有欣欣生意，她把这些都用文字记录下来。她说，在这商业社会的急速变幻中，"还好还有文字"。她的文字当然与欲望号街车的粗粝之声是不谐调的，那么朴素，精致，清雅。就眼看世态剧变而在自己的文字中安居这一点而言，张岱也是这样的。读着龚静的文字，我觉得自己的神经太粗了，也太无定力了，从而憬悟周围那些粗豪的狂欢、表演式的宣泄中其实找不到多少愉快和欢乐。龚静对艺术，譬如绘画，也取一样的态度。她说，刻意做出各种观念的"现代艺术"，不能"触动内心"，不如那些"写实周遭事物"、"似曾相识的环境"的作品来得"实在体贴"。

面对烦嚣，值得学一学龚静的从容淡定，要像她所说的那样，"在人文艺术宗教的认知及其审美中安放身心"，像她那样随时亲近日常生活中的美妙、大自然的笑颜和写实艺术中的韵味，并用优雅的文字记录下来，养育自己的心灵，慢慢地鉴赏这人生。朱光潜当年曾介绍说，阿尔卑斯山谷中有一条大汽车路，两旁景色极美，路上插着一个标语牌劝告游人说："慢慢走，欣赏啊！"龚静这本书的用意，与此相同。

独处

有人曾要我谈谈作为一个高校副校长的业余生活。这个"业"当然是指学校的公务，而"业余"一般总是说的"休闲"之类。我觉得很难谈。我在公务之余，主要是做不轻的家务，和作为教师的更不轻松的本专业的业务。休闲之类，很少有时间。要有，主要用于睡觉，因为"三务"之后，常常已是半夜三更，人很疲乏，太阳穴跳眉棱重，只想睡觉了。但睡觉好像算不得业余生活。

当然不是说没有一点余闲，尤其是实行双休日制度之后，如果下个决心，还是可以看看自己实在喜爱的电视片（平日限定自己只看半小时新闻联播），偶尔甚至到市郊去钓鱼。至于唱卡拉 OK、跳舞、打保龄球这些群体性强的娱乐活动，则即使有时间，也没有兴趣。有点闲暇时，我最希望做的，是在家里独处一室，整理好杂乱的书桌，收拾出干净的一角小天地，静静地呆一会，或者在校园僻静的小路上走一走，让一直处于紧张状态的神经松弛下来，让头脑里纷扰的思虑渐渐消散，就好像是战地上尘埃落定，恢复平静，从忙碌的人堆里这么暂时超脱出来，真是愉快的休息。我不看一般性的电视剧，也是这个缘故，自己刚从纷纷扰扰的人事中来，又何必再来看人家的纠葛呢？这么独自平静着，有时，会心里一亮，忽然悟到在人堆里忙碌时某个想法、说法的错误，不期而至地冒出真正的好主意来。有时，随意望望窗外高远的天空，周遭绿色的草地，让思绪飘忽，会忽然觉得自己的身心与可见和不可见的大自然融为了一体，有点进入忘我境界的意味。又好像找到本来的自己似的。更多的独处时候，则是随便或坐或躺，读几首唐诗、宋词、宋诗、诗经等古典诗词。我的专业是中国现当代文学，但想休息时我不看这些，因为一看总要起"研究"之心，带有了工作性质，成为"三务"之一，又成了一种负担了。古代诗词是自幼喜欢读，读惯了，却不都懂的，我就学个"好读书，不求甚解"，于是也得到愉快的休息，并且更实在。譬如今天天热，我读一首宋诗："纸屏石枕竹方床，手倦抛书午梦长。睡起莞然成独笑，数声渔笛在沧浪。"默默地借它言自己之志抒自己之情，会仿佛在这烦嚣的都市听到了远处清亮的笛声。可惜这样的独处，想想不难，但一要实行，"三务"常会来打岔，还是相当难得的。

　　按说人是最社会化的动物，人如果没有社会交往，长期离群索居，与世隔绝，神经都是要出毛病的，但如果完全反过来，整年整月在热闹场中，熙熙攘攘，情绪昂扬，则会失去清明的头脑，有变成一窝蜜蜂、一群绵羊的危险。间或独处，甚至坐几天冷板凳，实在十分必要，对于知识分子，对于干部，尤其是如此。

　　我爱独处，还是因为有一点难移的秉性。我向来不善于交际，不善于在大庭广众中发言。但当了干部，已有多年，早深知开会，讨论，以及种种"公关"活动的重要，否则怎么集思广益，办好事情？所以总是硬着头皮，积极参加，有时还觉得必须喜笑颜开，帮助营造一个适当的气氛，以利开展工作。但内心是紧张的，吃力的。所以一俟活动结束，到了"业"之"余"，就很想独处，回到"自我"，得到休息。过后，再到"业"中，就又有精神，来努力工作了。这样的"业"和"余"的交替，在我好像是一种必要的周期，不可打乱，如果打乱，就糟糕了。

小康与休闲

　　我们已经进入了小康社会，还要全面实现小康，实现曾长期缺衣少食的祖辈的梦想。那么，什么是目前的"小康"呢？专家们会举出一系列经济和人文数字指标，社会上正流行"小康不小康，关键看住房"（住房要一户两套，还须"科技领先，适当超前"）等关于物质生活的标准。但我却觉得，最能说明小康社会到来的，是相当普遍的民众的"休闲"，特别是其中"休闲度假"、"小康旅游"的盛行不衰。

　　你看现在假期越来越长，越来越多，带薪休假，不是学校也放寒假暑假，还有"奖励休假"……。大家高高兴兴，度假休闲，或到健身房"瘦身"，或临湖畔垂钓，或坐茶室品茗，或上剧院看戏，或于静室把卷闲览，或约友人随意谈笑；更多的人则选择出门旅游，饱餐乡野景色，遍看都市繁华，乃至远往异国领略彼地风土人情，开阔眼界，增广见识。每年春节将临，又满眼是这种热闹景象。对此，有人欣然而又不无调侃地归纳道：我们是到了一个"休闲时代"了。"休闲时代"，我看真不妨说是小康社会的一个标志。我是觉得，普遍性的休闲，一方面，无疑证明大家手里有一定数量的钱（科学的说法是人均收入约 3000 美元），证明在物质条件上已达到了小康水平；否则身难安、心难闲，如何休闲？另一方面，又说明人们开始从物质生活层面向精神生活提升，开始注重追求精神的愉悦了。那些休闲活动，不是饱暖后的无聊消遣，不是暴发户的显贵摆阔，而是人追求幸福美好生活的必然，也正是小康社会的目标。小康社会不仅仅是物质比较丰足的社会，在完整的意义上，它是更富人性的社会，更适合于人的发展的社会。而上述种种方式的休闲，正是一个普泛而显见的例证。它对于一般民众来说，既为消除劳作后的疲乏和难免会有的心上的负累，更是为了开阔心胸，是对心灵的一种养育，一种丰富，一种对"红尘"俗庸的暂时的超越，一种对宁静的追求，从而获得不是物质享受所能给予的满足。譬如为数最多的乡野旅游者们，置身于大自然的怀抱，会得到慰藉和启示,会忽然意识到人的"固有的天性,自由地流露出来,并因此而欣喜若狂"(人的"固有的天性"等两句,出自马恩的《神圣家族》一书,原文是:"在大自然的怀抱中,……玛丽花可以自由地表露自己固有的天性,……流露出……合乎人性的欣喜若狂。"),一时间好像都成了诗人或艺术家,年青人称之为"心灵放飞",老年人称之为"陶然忘机",也就是都获得一种精神上的自由之感。这种自由之感,是一种美感,是健全人性的证明,虽然他可能从未写过一句诗、作过一幅画,甚至不会唱歌。

要言之,"小康"生活,就是物质丰足＋精神愉悦,而精神愉悦是更高的表现。也有仔细的人,认为小康生活还有一个很基本的条件,就是"身体健康",那么,小康生活＝物质丰足＋身体健康＋精神愉悦。精神愉悦还是最高的表现。

我们过去常说,休息是为了更好的工作。而在小康社会的物质条件下,这句话只对了一半。休息不仅是为了工作,休息本身也有其意义,尤其是辛勤的工作之后的休息,包括人在一生辛勤工作之后的晚年的休息,这是对人性的一种完善,是人生的一个目的。我们过去常说"工作着是美丽的",现在应该再说一句:"休闲时是愉悦的"。或者反过来说,休闲是愉悦的,身心俱佳状态下的工作也是一种享受。工作着的美丽和休闲时的愉悦,将交织成幸福、优雅的生活,最终度过美好的一生。

丽娃河畔

丽娃河畔逸事

　　一所大学的地位、声望，在于它所拥有的教授、学者；而教授、学者的地位、声望，在于他们的学术建树和道德风范。我们在社会上、学术界遇到一位同行说出校名时，他常常会问：贵校的某某先生现在好吗？或者问：某某教授是你们学校的吗？当然，一所大学的校舍校园、仪器设备、体育场馆、图书馆和网络中心等等，是很重要的，但人们最重视的，还是著名的教授、学者。华东师大的丽娃河畔风景，闻名遐迩。这固然是因为它的自然景色秀丽宜人，但实际上更因为这里有许多师大学人的身影；还曾有不少令人景仰的学界前辈在这里走过，他们虽已如缕缕清风，悄然离去，却给这里的流水草木，平添一种风韵意味。丽娃河是师大才有的，这风韵意味也是这里才有的。

　　师大的首任校长孟宪承是一位著名的资深教育家。孟校长面容清癯，讲话声音宏亮而语调平和，说理要言不烦，条理非常清楚。他虽最后学成于美国，而服膺中国的文化传统。据说他讲授教育史，讲述孔子，到动情处，竟然流下两行清泪。对于教学，他最强调的是，要端正学风，要实事求是。他一再对师生说："静下心来读书"，"读第一手文献资料"。对这两句话，五十年代的师大师生都有很深的记忆。后来，人们常说师大人的特点是踏实严谨，基本功好。我想师大人这种特点的形成，与孟宪承校长的提倡，不可能没有关系。说到踏实严谨的风气的形成，还不能不说到任期最长的党委书记常溪萍，他兼任副校长，实际主持日常校务。常校长来自山东革命老区，在当时是有较高文化水平的党的领导干部，写一手秀丽的字，还颇具文学素养。而最突出的品质是艰苦朴素，深入实际，凡事一抓到底，务求抓出实效，并且以身作则，重视"身教"。有一次我和一位同学在文史楼教室里，望见他一个人经过文史楼前在我们看去是非常清洁的路上，弯腰捡起一个小小的纸团（也许是一小截粉笔），心里不由得感动。这不是学术行为，然而是与严谨的学风、踏实的做人之道相通的。但愿这种学风、作风，能与师大同在,历久远而永存。

踏实严谨的学风作风的形成,当然又并不只因为校长的提倡和身教。真正的学者,都是踏实严谨的,而师大就拥有众多真正的学者。例如,在五十年代初,国际知名的地理学家李春芬教授,认为陈吉余(现在是中国工程院院士)的一篇论文的前言写得不能挈领要点,要他重写。陈吉余反复改写了九次才获得通过。后来的陈吉余院士说:"这不说千锤百炼,也是九锤九炼了。"另一位接受过李春芬教授指导的现中科院院士陈述彭,也至今感谢他对自己的"赠言":"自强不息。""自强不息",是"踏实严谨"的弟兄,同是真正的学者的品性,也是他们走向卓越的推动力。哲学家冯契教授,早年已经成名,晚年著作等身,然仍是勤奋踏实,锲而不舍,殚精竭虑地考量自己的观点,不断提升自己成果的水平。他晚年写有一本《逻辑思维的辩证法》,长期作为自己研究生的教材,油印了几次,始终不肯正式成书。直到他逝世前的一年(已近八十岁),才以"智慧说三篇"为题,交付出版。

著名的古典文学兼文学理论专家徐中玉教授,也是自强不息的典范。徐先生当时已是八九十岁高龄,然天天在学术园地耕作不停。他以快速奔跑的兔子自励(徐先生属兔),不知疲倦。徐先生勤奋治学,还始终抱着一个明确的宗旨:"有益于天下"。有益于天下,我以为是恪守我国民族优秀传统的学者的共有品格。而抱定这一宗旨,他们就不"谐俗"(为古籍所目录学家周子美先生语),不苟且(如戴家祥、王元化等著名学者的抵制"文革");抱定这一宗旨,他们就不计得失,呕心沥血,尽瘁专业,而无怨无悔。如陈彪如教授的倡导国际金融研究;夏炎教授、魏宗舒教授的创办化学系、数理统计系;郑勉教授的建立植物标本室等等,都是例证。真是"发愤忘食,乐以忘忧,不知老之将至",堪称孔子的后人,民族的精华。还有一位不怎么为人所知的化学系唐宁康教授,"洋博士"而"土装扮",甘于默默无闻地认真从教,他最喜欢的诗句是"白发无情侵老境,青灯有味似儿时",与上述几位先生也是一样的襟怀,一样的格调。

学者的心胸,既见严肃端庄,又如光风霁月,开阔洒落。兼善文史哲、诗书画的苏渊雷先生的豁达洒脱,现代新诗、小说、翻译名家兼古典文学专家施蛰存先生的淡泊风雅,别具一格的著名文学评论家钱谷融先生的潇洒幽默,都会引起我们心底的诗情、悠远的思绪。这几位先生,面对恶浊世事时,自然有严霜烈日的一面,然而他们同时具有的洒脱,似更能显示出深沉而透彻的人生态度。例如苏渊雷先生1958年被划为"右派",发配塞北,调往哈尔滨师范学院。他离沪前夕,竟然吟出"明发榆关更北上,风光应不异南国"的诗句。抵达哈尔滨的翌日,他又到浮云落日的松花江畔,写道:"著我劳生何处是,笑看辽鹤一身轻。"在哈尔滨的年月里,苏渊雷先生潜心研究,写出了共数十万字的著作。这种学者风度,真值得我们后辈好好领悟。并且我们不要以为这种名士般的风雅性情,是文科学者所专有。在理科的教授中,同样不乏其人。如陈联磬先生的温雅和率真,郎所先生的风趣和闲情,也令人陡生亲切之感。

师大学人中的后辈,青年数学家郑伟安教授,由一个只具初一水平的小木匠,一举考上华东师大研究生;后来又仅用了两年半的时间,获得法国数学博士学位(许多人则要花十几年时间)。在大脑基因遗传工程上取得重大突破、在国际上轰动一时的钱卓博士,在本校本科求学时期,也有生动的故事。他们与前辈一样聪慧而刻苦,放达而敬业,并且都对祖国对母校满怀游子学子的深情。

因为华东师大是 1951 年在大夏、光华的基础上组建起来的,搜求华东师大的遗闻逸事,自然要寻踪大夏、光华旧人。他们的逸事,会给我们多少"思古之幽情"。徐志摩1927 年至 1930 年在光华大学任教,他的美妙诗篇《再别康桥》,就写于 1928、1929 年间离光华赴英国游历期间,回国后仍到光华。而著名的出版家、作家赵家璧,则是徐志摩在光华十分看重的学生。如今,赵家璧先生也早作古,一对师生都已远去,就让他们在丽娃河畔留下的师生情谊,供我们追念吧。

许杰先生

　　我非常敬重许杰先生。我在内心是一直把他当自己很亲近的父辈的。在他生前，我常到他家里去，传递从系里信箱取来的一本书、一封信之类，有时没有什么事，就只是去看望看望他，问问他身体可好。许先生是一位蔼然长者，和颜悦色，缓缓地讲话。陪他坐着，感受到一种宁静气氛。我告辞时，他总要站起来送出房间。再送到住所总门外，在楼梯口站定，向我这样一个普普通通的小辈，含笑道别。后来许先生年龄越来越大，走得颤颤巍巍的，然还是一脸笑容，笑容里仍然透出宁静。我从他的住所出来，常常会感动于这种宁静。但是我说不出这种宁静所自来，也说不出它后面的意味，只觉得吸引我。

　　读完了许先生这本口述自传《坎坷道路上的足迹》，我想我对他的了解是多一点了。这位知识者中的世纪同龄人，这位文学界的五四老人，在这里讲了他自己的长长的故事。他平静地随着时间的流逝，说得平平淡淡，有的地方好像还有点啰嗦，而没有一点装点，甚至连可能会使有的读者小看他的彼时彼地的内心想法，都不回避、遮掩，原汁原味，和盘托出，给我们展示出历史（包括他的心史）的"原生态"，和他自己的原有面貌。

　　许先生的一生是平凡的，又是不平凡的。二十世纪第一个十年以来的大时代，使中国许多平凡而正直的知识分子，走上革命的道路，创造出不平凡的业绩。这个过程是显得那么自然，那么易于理解。尤其是许先生以他率真、平实的态度娓娓说来，我们这种感受就特别深。许先生诞生在浙东山乡一个镇上的贫困人家，读中等师范，当小学教师，连大学也没有读过。贫穷艰难的童年生活是他的第一位导师，这位伟大导师的代言人之一是他童养媳出身的母亲，母亲教导他"穷要穷得清白，做人要有志气"。这是一份菲薄的却十分可贵的精神财产，它是用之不尽的。许先生以它为底子，走上漫长的坎坷道路。以它为底子,许先生一开始就自觉地接受五四高潮的洗礼,立志寻找社会解放的道路,实现人生的价值。所能碰上的周围的人宣传无政府主义,他觉得无政府主义的理想最正确、高尚,就信仰无政府主义;后来因为事实的教训和眼界的扩大,明白共产主义才是真理,又从善如流,信仰共产主义。没有一点矫揉,没有一点勉强。在文学创作上也是如此,他也随着时代,随着新文学的创始者们,摸索,试炼。那个时代要求文学与社会生活有密切的联系,能为改造社会尽一分力,许先生也就努力"用作品参加社会运动",去"影响社会",创作了《惨雾》等现实主义的力作;而在写城市知识分子生活时,感到光是现实主义方法不足以表现,就又尝试融入一点浪漫主义和现代主义的手法,一点也不固执、僵化。在理论上,为了追随时代,"与时代同呼吸共命运",1927年,许先生提出"无产阶级革命文学"的主张,名之曰"明日的文学",旗帜鲜明。不久,迫于生计,远赴吉隆坡主编《益群日报》,又在南洋这片异邦土地上提倡"新兴文学"(即无产阶级革命文学),在荒凉的"枯岛"上播撒新文学的种子,为那里的华侨呼喊他们的心声,为此与英国殖民者管制的政府当局的压迫抗争,而不怕打破饭碗,多次受到"训斥"而在所不顾。抗战时期,许先生在浙江、福建一带教书,奋力倡导"东南文艺运动",召唤作家"如实地写出抗战时期人民大众的生活",发扬了五四战斗传统,使得新文学在此时此地没有留下空白。到了解放战争,许先生非常振奋,心上充满了赶紧了解新时代、深入新生活的热情和紧迫感,这种心情,在当时写作的短篇小说集《一个人的铸炼》中生动地流露出来。现在有的年轻人,不大理解为什么五四以来不少知识分子渐渐都信仰共产主义、无产阶级革命理论,为什么热心于提倡左翼文学,强调文学的社会使命? 有的还以为是由于偏执,因为矫情。如果他们读一读这本书,他们会明白,这实在是出于必然。正直的、血性的、以天下为己任的中国知识分子,在那样一个时代里,大都会走这条路,尤其是出身贫寒,或是对下层人民的痛苦和愿望有所了解的中小知识分子们。

从五四高潮到新中国建立,许先生好像始终不在政治和文学新潮的中心地;"无产阶级革命文学"是他第一个提出来的,但正因为早于"革命文学"论争,不是在主要阵地上举起这面旗帜,所以当时也没有引起"轰动效应"。这都是在于机缘。许先生"无所谓"。许先生珍惜的是他在这个大时代里作出的实实在在的贡献,他珍惜的是伟大平民的母亲"清白"和"有志"的教导,他珍惜的是人生的真正的价值。而这是可以自己把握的。建国后,许先生倒引起过轰动。那是1957年,他的一以贯之的希望积极影响社会的热情,和率真的本性,使他不合时宜地向领导提出了尖锐的批评意见。结果当时这位年近六旬的白发苍苍的上海作家协会副主席、华东师范大学中文系主任，成了"大右派"，罪名遍播上海，以至全国。这本口述自传没有写他建国后的生活。他说他原本是竭力要忘记那些的，现在何必再写？从别人有的回忆文章看，那种罪名套在头上，许先生是很痛苦的，但他并非痛不欲生，过后就让自己忘记。也许他认为人生的路本多坎坷，是非臧否又并非定于一尊；也许他对于茫茫宇宙、悠悠古今别有一种感悟，总之，他觉得那些也"无所谓"。这样，许先生总是宁静的。

许先生的宁静后面，是五四老人牢固的信念和他的浙东人的"硬气"。五四人物的信念，包括社会总会走向光明的社会信念，和对社会有益人生才有价值的人生信念。这里的社会信念使他心胸宽广，这里的人生信念使他忘怀得失。这整个的信念许先生没有哪一时抛弃过，直到九十高龄仍在写作，仍然本着五四精神，针对当前弊病，呼喊"模拉尔"（道德）姑娘到来。陶渊明曾用别号五柳先生为自己作"传"，说他是"常著文章自娱，颇示己志，忘怀得失，以此自终"。我看如果改两个字，以况许先生晚年，也很贴切，那就是："常著文章警世，颇示己志，忘怀得失，以此自终。"陶渊明是出世的隐士，许先生是坚韧的战士，但因实现着自己的志向而心里宁静，却是一样的。"硬气"也是宁静的"后方"。"硬气"总是使许先生不折不弯，直道而行，因而遇事之后，不受良心的责备，无怨无悔。

但是许先生在逝世前的两三年里，有点失去宁静。这在收入这本口述自传的《一个九一老人的生活和思想》一文中有所流露。许先生说他1986年光荣离休，工资提一级成为一级教授，领受之后觉得不安，说自己已"没有具体的工作和应负的责任，总是觉得空虚和失去了追求的理想和目标"。一纸离休证书不是引起他安享晚年的欣慰，也没有触发他遭受磨难丧失二十余年工作时间的牢骚，而是激起他要用新的工作来报答国家和继续追求理想却难有机会的伤感。许玄的《安息吧，疲倦的老牛》一文还清楚地描述了许先生最后两三年的有失宁静。这篇文章说，许先生这时两腿酸软，目力不济，很难写作。他感叹衰老，因力不从心而非常焦躁。许先生，他身上实际上仍像青年一样热血奔流，心里仍然涌动着五四时代的责任感、理想和目标，但是已没有力气去实践，于是就难以宁静。古人说，人之将死，其言也善，许先生是人之将死，其心难平。意识到这一点，我曾怅然良久。宁静是一种令人愉悦的气氛，是一种高贵的态度，是一种美的境界，是人可以创造的。但是自然的力量有时更强大，它可以阻止，破坏。这就是人生的难以避免的悲剧性之所在吗？

最后我想说，许先生的小说创作、文学主张和道德、品格，至今没有得到应有的重视和足够的评价。但想到许先生的音容笑貌，他的一贯态度，立时胸中豁然。收在这本口述自传前面的《且说说我自己》一文中，许先生自己不是说吗，"自己已到了这把年纪，好丑毁誉，都无所谓"，这就是了。

率真的人

——记施蛰存先生

我接触施蛰存先生的时间不多，但是非常尊敬他。

大概是 1963 年上半年，我在中文系读四年级。那时还是所谓"自然灾害"造成的困难时期，阶级斗争这根弦松弛了很多，有几位"右派"老师上讲台给我们上课。许杰先生讲"鲁迅研究"的选修课，徐中玉先生教必修课"中国文学批评史"。施先生可能因为过去的"问题"更大一点，只是上小班英语课（施先生的英文是很好的），同时仍在系资料室做些资料整理和翻译之类的事，握着一支毛笔，写写改改，面带笑容。一次一位比我高一年级的同学代表他那个班来请施先生去讲书法（施先生的书法也是很好的），那位同学不费什么辞，施先生就说"好，好"，并且马上就对他说起来："写毛笔字，只要横平竖直就可以了，……"一边用手指在桌面上指划着做样子，好像就要这么开始讲了。他是很好说话、很随便的。

"文革"后期，1974 年光景，上面肯定还是乱得很，我们下面好像比较平静，下厂，下乡，讲讲鲁迅。有一段时间，系里让我和史嘉秀同志一起，编关于鲁迅的"宣讲"材料，施先生也分到我们这里，好像一个三人小组。我们两个人有多少本事？收罗一些材料，东拼西凑地编。施先生帮忙，也帮着查点资料，不过较多时候是静静地看我们抄、写、剪、贴。

我们很喜欢问他三十年代的事。他就随便说，都说得很有趣。说到那次关于《庄子》与《文选》的争论，他说："本来鲁迅跟我是好的，后来是我自己跳出来，他就抓住我，教育我了。"说到当时一位重要人物，施先生说，这个人确实是很神气的，那时我们大多穿西装，不过他是穿一身白西装，戴一条红领带，这种样子鲁迅当然是不要看的。但他后来待人很热情，北京解放后开全国文代会，他站在会场门口，和我们一个一个的握手。

施先生好像对我们两人有点好感。有一次很热心地从家里翻拣出两本书送我们。送史嘉秀的我不记得了,送我的是鲁迅 1914 年为庆贺母亲六十寿辰而出资刻印的线装书《百喻经》,上面还盖有一方"施蛰存藏书章"。我觉得这有双重的纪念意义,十分宝贵,感到非常高兴。

施先生烟抽得很多,都是很便宜的劣质烟,较经常抽的是一种扁圆形的阿尔巴尼亚烟,其至抽 8 分钱一包的烟。我说你抽的烟太差了,他说:"其他东西也要吃的呀。"他还告诉我,他每个月无论怎样都要留出 10 块钱,买碑帖看。10 块钱当时在他是较大的数目,这样当然更拮据了。

施先生给"七七级"同学上了不少课,教的是古典文学。这时候他年纪相当大了。但他的方法,在我们看来却是很新的,是后来我们教育改革时一再提倡而至今未能普遍做到的方法。他讲半个多小时或四十来分钟后,就停下来,坐在水泥讲坛的椅子上,请同学们"质疑"。这个情景,后来成为作家的周佩红同学有几句描写:他"望着我们。他的目光是慈爱的,也有一点锐利"。较多时候,同学们由于腼腆,不发问,他就叫大家写"质疑单",交上去。下一次上课,他拣一些来回答;另一些,则在纸上写上他的答案,发还。在一两张质疑单上,他的回答是:"这个问题,我和你一样不知道。"同学看了,很开心地笑。

施先生讲课,不大注意系统性、条理性。如讲《诗经》里的一些诗,会仔细解释一种植物究竟是什么,还在黑板上写上它的英文名字。这使我想到孔子的话:"小子何莫学夫诗?……多识于鸟兽草木之名。"觉得很有意味。我当时也在"七七级"上课,所以去听他的课,不过感到他的上课是学不到的。

施先生真是很渊博的。他是三十年代"新感觉派"小说创作的代表性人物,如今被新潮作家视为楷模;他还写过不少新诗,也是属于现代派的。可是这方面的成就、声望,好些搞古代文学的人不知道。他在古代文学上的种种学问、著作和典雅的旧体诗,不搞古代文学的人不大清楚。他还有不少小说译作,当时也很有名。据说,"文革"结束后不久,有外国文学或翻译方面的学会来请他担任会长之类,他谢绝了;其他领域的这类职务,他也辞谢了。没有兴趣。对政治上的事,他并非不关心,不过他认为政治是政治,文学是文学,所以也不大参与。他是真正淡泊的人,只是坐在家里看书、写文章。

"文革"中有的文章称他是"第三种人",其实他不是的。说他是"第三种人",是因为他编《现代》杂志时发表了苏汶(杜衡)的《关于"文新"与胡秋原的文艺论辩》和《"第三种人"的出路》。施先生在和我一起查材料的时候,我曾问过他这段是非。他说,当时杜衡来了文章,我看都不看,就发表了。杜衡是我的老朋友啊,老朋友的文章当然是发表的。(施先生,苏汶,还有也被指为"第三种人"的戴望舒,大革命期间都是共青团员,大革命失败后曾一起避居在施先生的松江家里一段时间,那确是很老的朋友了。)不过,我觉得施先生倒真像是"第三种人",当然我的意思不同于当时报上文章指称的"第三种人",而是指他对什么派别之争都不感兴趣,超然物外。

八十年代,施先生很为人瞩目,他的"新感觉派"小说极受推崇,有的说这类现代派的写法是现代文学的方向,但施先生在好几篇文章或谈话里对此表示异议。他认为过去忽略现代派是不对的,"可是许多人又把现代派捧得太高,这个我不太赞成,现代派只是二十世纪许多流派之一",也不赞成有人"封我为'中国现代小说的先驱者'"。他说:"这一二年来,我们的文艺界这种现象非常突出,使我觉得这些作家或艺术家,好像生活在第一次世界大战以后的十多年间,而不是生活在第二次世界大战以后的四十年间。""愿上帝保佑,让我的那些'新感觉'小说安息吧!"施先生是喜欢说笑话的,但这里有的话是说得很认真的。他的意思,换一句大家常说的话,就是不要从一个极端走向另一个极端。

写到这里,我忽然想到施先生另外一次好像不相干的说话。那个时候,报考研究生的人已经很多了,大家都是高兴的,施先生也一样。不过有一次施先生说了一句:"有的人是来考户口的。"说得大家笑起来,因为确实有一些外地考生兼有改换环境的目的。施先生说的并无贬意,不过连年轻人也不说穿这一层。

我觉得施先生不仅仅随和,淡泊,风趣,而且是很率真的,用现在的话来说,是很"实事求是"的。

我的儿子当上海少儿文学杂志《巨人》的编辑时,请施先生在某一期的封二题几句话。这时施先生更老了。到了约定的时间,去取稿。施先生躺在床上,身体不大好,可精神还不错。我儿子提到了题词。

施先生说:"我答应过写吗?"

"你答应过的。"

"我没有答应过!"

施先生的读初中的重孙女在他身旁,帮我儿子说:"欠的债总是要还的!"

"没有笔呀。"施先生说。

重孙女立刻从铅笔盒子里拿出一支圆珠笔塞到施先生手里。施先生在一张纸上划了几下,希望是一支写不出字的圆珠笔,但这是写得出的。

施先生稍想了一想,很快写道:"儿童是赤子,希望儿童文学作家笔下留神,不要损伤了赤子之心。"写完递给我儿子,说:"写得好哦?"很得意的样子。

　　病中的施先生也要和孩子们闹着玩。这是1996年的事。后来施先生身体一天好似一天,更喜欢和来访的人说笑。

钱谷融的文学情怀、识见和格调

　　我 1959 年考上华东师大中文系,开始在文史楼 311 教室听钱谷融先生的现代文学课程或讲座。我第一次看见他,一身驼色西装,在文史楼后的新力斋走廊上不疾不徐地走过,风度翩翩,很引我注意。他在课堂上有时讲得兴起,可能身上有点热了,会脱下西服,搁在讲台上。他两年前因发表了长篇论文《论“文学是人学”》,受到上海文学界的批判,此时还余波未息,然而却声名日隆。我们一般的学生,没有受过当时那些僵硬理论的训练,并不受外界批判的影响,只是非常喜欢听他讲课和看他的文章,那些都是充满感情,娓娓道来,富于感染力的。时间长了,我觉得钱先生文内文外,言谈容止,都透出文学的气息。简直好像是文学的化身。

　　钱先生主讲中国现代文学,他总是要求我们要好好地阅读优秀的作品,沉浸进去,去体味、鉴赏它们的好处,尤其是作品所蕴含的感情,而很少讲抽象的概念。也不大讲什么特别的分析方法。他曾进行过最传统的“串讲”,让我们领略作品的原汁原味。记得他曾给我们“串讲”过鲁迅的《秋夜》和另外一位作家的散文佳作。与感情相关,他常说“情致”这个词,说到某个作品有情致时,会露出有点神往和陶醉的神情。有无情致,好像是他心目中文学作品最宝贵的东西,只是我们很难把捉、领会,说是“诗意”、“情味”、“气息”、“味道”之类吧,但又不全是,难以言传。据说他爱读《世说新语》,就是因为它里面的写人、叙事,富有情致。钱先生给我们分析过鲁迅《朝花夕拾》的《小引》,中间,读了几段,读得有滋有味。读到鲁迅回忆起儿时在故乡所吃的蔬果:菱角、罗汉豆,茭白、香瓜,说“都是极其鲜美可口的,都曾是使我思乡的蛊惑”几句时,好像此时他自己、同时也让我们尝到了那种滋味。后来有一次他和我随意谈谈,提到一位现代文学史上十分著名、后来被归类为“社会剖析派”的作家时,钱先生说“他的作品没有诗意”,没有诗意,当然谈不到情致了,并不是很好的作品了,虽然这位作家主要写的是小说。小说等叙事作品与散文不同，主要是刻画人物。但也要有情致，有诗意。

那么怎样认识、评价小说等叙事作品中的人物呢？曹禺的话剧《雷雨》中的繁漪，我们不大能够理解。繁漪文弱、忧郁，但有时她的恨好像一团火，能把人烧毁。钱先生并不对这个人物下一个断语，而怀着同情，细致解释她在周公馆的处境，专横、伪善的丈夫周朴园令她窒息、周朴园的儿子周萍对她始乱终弃又如何使她绝望。在讲解过程中，我们逐渐贴近了繁漪的心，达到她内心深处，理解到她的痛苦。对周朴园内心的分析也非常深入，洞见他彻骨的虚伪和冷酷。同时，也让我们看到繁漪的反抗里有一种美。什么是丑，什么是美，都在他的讲述中说出来了。却没有一句说这个剧本揭露了封建阶级的本质，具有教育作用之类的话。

何其芳在四十年代写的一首诗里有一句："去以心发现心"，钱先生是很喜爱何其芳的作品的，他并没有在文学批评文章里和课堂上引用过这句诗，何其芳这句诗也不是特指文学。但我以为钱先生在文学批评、作品分析以至实际生活中都是这样做的。我们读书时，据说有一两个情窦初开的女同学，受初恋感情的困扰，那个时候，能向谁去说呢？她们去问钱先生了，我不知道钱先生是怎样回答她们的，只知道他很认真地听她们的诉说，很理解她们的困惑，回答得很中肯，缓解了她们的苦恼。

"去以心发现心"可以说是文学作为"人学"在批评上的一种具体体现，也是钱先生真诚对人的表现之一，对待文学和对人（当然是指好人）都要"真诚"，这是钱先生常常说的话。这是他的人文情怀中最动人的东西。因为真诚，所以他说自己没有说过后悔的话。我曾看到一个访问者在一篇短文中说，钱先生有孩童般的笑容，说得对，那是他真诚品性的自然流露。可以说，钱先生有一颗"赤子之心"。钱先生的情怀中，充溢诗意之外的，就是真诚。

真诚和诗意，是相伴共生的。两者相较，钱先生更看重真诚。记得多年前我在他家里遇到一位外地来的同行，坐下不久就大声地、与人争论似的滔滔不绝讲他对某个文学问题的看法，也不管人家听不听，有点粗鲁。我有点反感。钱先生好像注意到我的神情，待他告别后，钱先生对我说，这个人是很真诚的，他坚信自己的观点呀，不要看不惯这样的人。

钱先生好像没有写过诗。但我觉得他的生活是有点诗化的。他厌恶虚伪，远避低俗和粗暴。他爱读《世说新语》，爱到空明的大自然里去。他喜欢旅游，看看湖光山色。"文革"后期，钱先生与中文系一批青年教师和工农兵学员到野外去"拉练"，直走到广德地界。其间，每个人都要写一篇对拉练的体会文章。到南浔那天，晚上开会进行交流。钱先生的体会文章里有一处说：我这次出来，"呼吸到大自然的清新空气，饱餐了祖国的大好河山"，非常愉快。有一个工农兵学员发言，对这两句话大加批判。他振振有词地责问：拉练是为了"苦练铁脚板，打击帝修反"，你是游山玩水来了?! 其实钱先生是说了他的真实心情啊。

如今钱先生很老了，出去游山玩水很难了，就几乎每天到离师大二村居所很近的长风公园去走走，坐坐。我多次看到他坐在公园背风的湖边，随手拿着两三张报纸看看大标题，更多时候只是望着波光粼粼的湖面，好像什么也没有想。我过去曾问过他是喜欢山还是喜欢水? 他说是水。我想起古人"仁者乐山，智者乐水"的话，觉得钱先生正是一个对人和人生有深刻洞见的智者，当然同时也是一个深谙人道主义的仁者。

钱先生讲文学的意义，很少抽象地讲文学的教育作用。他认为，文学的中心是写"人"，写人的命运和精神世界。如果一个作家能够以人道主义的理想和爱憎感情，去表现人物，表达出人们对美好世界的向往，这样的作品，就能够打动读者，提升他们的整个精神境界。钱先生在一些回忆文章里，不止一次深情地说，许多古今中外的优秀作品"使我的心灵得到升华和提高"。在钱先生看来，文学的审美作用、认识作用、教育作用是共同起作用的，水乳交融，无从分拆。其中，以深刻、美好的感情包括似有若无的情致打动读者，是首要的。我至今还是深深服膺他的见解，不喜欢重在运用抽象概念进行逻辑推理的论文，因为它们不能触动我的感情，吸引我。

这不是说钱先生的文章不讲究理论逻辑。钱先生的理论文章和讲课，有很强的逻辑性。他顺着自己内心的感受和感情，一步一步写下来的，十分合理而流畅，形成气势，可以一口气读下去，当然，他的感受是经过提炼的。提炼之后，形成往往是他独特的概念和观点。他不轻易运用与自己不甚相合的概念。他曾说，如果在课堂上讲他没有体验过的别人的观念，自己听来觉得声音都是空洞的。他在《论"文学是人学"》中，说到有一篇论文，前面有一步一步正确的分析，本可自然地得出应有的结论，中途却断了线，被一个现成的权威性观点牵引过去，跳跃式地匆匆作结。这样，文章在这里形成了阻隔，也未能提出他自己的新的正确的观点。这是很可惜的。钱先生的论文，则总是顺着自己的理路和感情，或快或慢，起落有致地达到结论，好像水到渠成。韩愈在著名的《答李翊书》中说："气，水也；言，浮物也；水大而物之浮者大小毕浮。气之与言犹是也，气盛则言之短长与声之高下者皆宜。"钱先生论文有气势，不过它不是凌厉之气，却如涓涓细流，浮在其上的词语、文句温雅而有节奏感，真是"言之短长与声之高下者皆宜"，所以很多人尚未真正理解他文章的内涵时，已受到吸引，具有与我国模范古文相似的格调。

当然钱先生的文章格调主要是现代的。他出生于 1919 年,那一代的学人深受五四文学的影响,钱先生英语又很好,能读英文原作,更使他的语言具有现代风貌,流畅而缜密。但他可能觉得仅是白话词语,不大能表现他的人文情怀。因而常融汇古今,糅入精炼、典雅、富有诗意的文言词语,来表达自己的意思。这样的语言,既内涵深刻,又不简陋、寒碜,形成他特有的语言格调。他还讲究语言自然,从容。他曾批评我的文章比较板滞。他教我说,写文章,有了上一句,一定要有下一句,把意思伸足才好,不要拘谨、局促,片面地追求简要。我至今做不到,这不仅由于我语言功夫较差,也因为做人不能从容自如。文学真是人学啊。

说钱先生融汇古今,不仅在于语言格调上,也表现在整个文学写作的气度上。五四文学是反封建的革命的战斗的文学,散文、评论大多写得尖锐、猛烈、彻底,"不容反对者有讨论之余地",与传统儒家"温柔敦厚"的"诗教"相对立。钱先生是具有五四精神的。他的文章,在真理性问题上十分坚执,例如在"文学是人学"的主张上从不退让。这是五四之风的传承和发扬。但他又欣赏"温柔敦厚",这却与古人一致,并不狭隘。他的文章就是写得温柔敦厚的。他与人论辩的文章,否定对方的观点时绝无尖刻的语句。钱先生平时为人也是如此。我从来没有看到他声色俱厉地说话,也不喜欢与人争论。当年开各种大小会议批判他,有的人很激烈,他也不则一声,有时只是笑一笑,表示出他的不同意。

坚持真理,又温柔敦厚,这是钱先生为文为人的格调。

何日重现高校作家群

现在，上海好些人知道有个"华东师大作家群"。这是因为1995年华东师大出版社推出了一套5本的本校中文系6位校友作家的选本的缘故。这套丛书，是本社时任副总编阮光页提出的选题。阮光页原是中文系七七级的学生。他的那个年级，正拥有孙颙、赵丽宏、王小鹰、陈保平和陈丹燕等作家。他们在求学时就写了一些作品，其中孙颙、赵丽宏、王小鹰更早崭露头角，在进校前已发表出很不错的小说和散文，如几丛鲜艳的花枝，摇曳在那时还显得荒芜的文学园地上，相当引人注意。他们毕业后，十余年中，仍是新作不断，仍是一派方兴未艾的样子。于是1994年，作为编辑和同学的阮光页忽然想到：何不让他们各自编一本近作，集中推出，以形成一种景观呢？继而想到校友中沙叶新、戴厚英等人，更是久负盛名的作家。一时虽不及细想，但已产生了"华东师大作家群"的概念，而决定先限于"校友"范围，来着手编辑这套丛书了。

这套丛书推出以后，上海文学界以至社会上的不少人，很快认可了这个华东师大的群体，赞赏这个师大的群体，师大因而增添了一道绚丽的色彩。一种客观存在的事实，如果无人察觉，特地指出，冠以名称，可能一直会悄然无闻；而一旦"曝光"，命名，提醒了公众，大家却会觉得十分自然，一点不觉得异样。这是因为的确是"名"（概念）副其实的。因此，接下来，编者就"名正言顺"地来充实这个概念了，让这套丛书的作者有所增加。于是先后加入了比沙叶新更年长的鲁光，加入了同是七七级的周佩红，加入了比七七级还要年轻些的李其纲和徐芳。可惜的是，才华洋溢、佳作颇多的戴厚英，与鲁光同级，同样属于"校友"范围，因数年前不幸被暴徒杀害，而唯一的亲人女儿远在国外，一时找不到版权代理人，只能暂付阙如。还有格非（刘勇）刚刚离校赴清华，也成了"校友"，他的选本，日后则要请他加入。仍在校内任教的、广为人知的王晓玉等，虽暂因这套丛书的名称无法归入，但她显然为这个群体增了光。

高校中文系的学生，按照规范的培养目标，是语言和文学的理论人才，而非作家。但我心里总是稍有疑问，觉得不能说得过死。现代社会的知识者分工很细，文学理论和批评，与文学创作，确有相对独立的位置、价值和意义，可以各司其职。学校的教学内容和环境，也确实主要适合于作理论研究和进行学术训练，而作家却要得力于社会实际生活的浸润和个人艺术创作的天赋，非课堂和书本可以造就。但是，从事文学理论和批评的人，与从事其他专业如历史、哲学、经济学等社会科学专业的人有所不同。他既要有那种社会科学方面的素养，如理论思辨能力等，又不应只有那种素养；因为他的研究对象主要是饱含人的情感的、好多地方难以仅仅用逻辑思维和冷静的理性来解释的文学作品，所以他要同作家一样懂得人的心灵，一样善于感悟人的情感，一样敏于体验现实的人生，并且要略有一点情感抒发、形象描绘等文学表达能力和习性。如果一个"文学理论人才"，一生只知孜孜矻矻，皓首穷"经"，在理论概念和推理中打转，于实际人生、人情、人性，漠然无所感受，难有会心，甚至对优秀的文学作品都缺乏阅读的渴望和鉴赏的兴味，那么，老实说，是有点可悲的，他实际上还是徘徊在文学的堂奥之外。朱光潜曾说："现在有些人放弃亲自接触过和感受过的事物不管，而去追问什么美的本质这个极端抽象的概念，我敢说他们会永远抓不着'美的本质'。"他不客气地嘲笑一位美学理论文章的作者，竟然会"丝毫不用一点具体形象，丝毫不流露一点情感"。研究美学不应如此，研究与美学关系极为密切的文学理论当然也不应如此。五四初期发表、出版了一系列影响甚大的文学批评文章和文学理论书籍的沈雁冰，到 1927 年下半年，同时进行小说和散文创作了，并逐渐成为小说巨匠。他后来之所以同时从事创作，其中一个原因，就因为他觉得如果只是评论别人，自己不创作，难免要遭人议论。我们或者会认为他大可不必有这种想法，但我感到这无意中反映出真正的文学家的心态和对于文学的真知。文学创作毕竟是"文学"的根本。鲁迅也是先写文学论文，尔后主要从事创作的。有些以文学的理论、批评和学术研究闻名的学者，则在搞理论和研究之前，曾写过很出色的小说和诗，如我校的施蛰存老师，就是其中著名的一位。至今听他的谈吐，看他现在的文字，还会深深感到"理论"和"创作"，在他那里几乎是分不开的。还有许多知名的学者和理论家，也相类似，只不过其中有的人过去的创作，现已不大为人知道罢了。高校的学生中能够出现作家，不必说是学校里教学的成功，却是很值得庆幸的好事。他们有最好的条件成为有真知灼见的文学理论家、批评家；并且他们的存在，会给周围众多的致力于理论研究和批评的学生以生动的启示，启示他们不忘文学的根本，懂得文学的真谛，从而使他们写出来的理论文章，不至于与"文学"相隔离,真正能给读者和作者以帮助。

那么,为什么华东师大会出现作家群,尤其会在七七级比较集中地出现呢？以我的浅见,从共性上说,我国高校七七级的学生,集中了许多因为"文革"爆发、停止高考而被积压了十年的优秀人才,其中有一批真正热爱文学、又长期颠沛于社会底层的"知青",他们不同于"文革"前的和以后的在上述两方面都显得浅狭的学生。从特殊性上说,是因为华东师大中文系的七七级,从一年级起就形成了一种文学创作的氛围。这"氛围"两个字,非常重要。对于学生的个体来说,人们常说,兴趣是最好的老师;而对于学生的群体来说,氛围是最好的向导,最强大的推动力,最有魅力的"首席教授"。当时,赵丽宏、孙颙、王小鹰三人,实际上已可称为作家。他们与同学们朝夕相处。大家耳闻目睹他们的言谈、文章,不禁产生"彼,人也,予,人也,彼能是,予乃不能是"的争胜之心。何况他们三人,待人诚恳热情,乐于"指点",而毫不自视特殊,拒人门外。这样,原来就热爱文学的许多同学的心里,升腾起创作的欲望,又从他们身上依稀体悟到在课堂上书本里得不到的某种创作的"门径",同时发现了自己本有的创作的潜能,也写起东西来了。例如陈丹燕,就是在这种氛围里培育出来的"后起之秀",现在青出于蓝而胜于蓝了。又如周佩红,是在这期间打下根基,而于毕业后起步,写了许多相当优秀的散文。还有方啸、戴舫、陈洁等,也大致如此。其中戴舫,本专注于黑格尔美学和一些文艺理论的研读,在这种氛围下,最后也写起小说来。毕业后,他赴美国求学并获博士学位,在大学教文学和古汉语课程,但一直保持着在"七七级"形成的习性,在繁忙的教学之余,用中、英文写出了很多小说,至今乐此不疲。

什么时候,在高校的中文系或在中文系的某一年级,能重现一种真正热爱文学、钟情创作、求索真谛的氛围呢？什么时候,高校的中文系再能养育出一个新的"作家群"呢？出这套丛书,我想,也许会给它一种动力,一种希望。也许,还可以引起文学界的兴趣和思考,看一看青年作家的生成,是否也可在这里找到一条途径？

校风：高校的"首席教授"

一所高校的校风，好像一个人的个性，一部作品的风格。它显示出这所高校的独特的形象，因而差不多也就是这所学校的生命。

我们如果踏进一所名校，只需几天，就能处处感受到它的校风，那种它特有的浓厚的育人风气和学术氛围。它弥漫于全校，形成于久远，让人觉得这是这所学校的精神传统。它是无形的，却是强大的，时时吸引、激励、熏陶、造就着各学科的学生，把他们塑造成优秀的、在学识和品格上都有明显特点的人才。它比一系列的制度、几套设备、若干个教师的作用都要大得多。现在有的学校有命名"首席教授"的做法，其所命名的"首席教授"，是该校公认的最杰出的、最有影响的教授。如果这种做法是应当肯定的话，那么，我以为，一种无形而浓厚的良好的校风，应是这所学校里最重要的、最有魅力的"首席教授"。

一所学校要形成它特有的良好的校风是很不容易的。我所在的学校曾经有过自己的良好的校风：勤奋、踏实、严谨和守规矩，因而学生在学业上基本功比较扎实，为人上比较老实。但是这种校风，未及经过长时间的培育和提升，甚至尚未十分稳定和巩固，就受到两次大的冲击和接踵而来的一种片面认识的误导，逐渐消失，发生了变异。第一次大冲击是"文革"逆流，第二次大冲击是商品经济大潮和尚不成熟的市场经济体制所造成的负面影响，而没有清醒的校风意识，不能自觉地保持和深化已有的良好的校风，则是它发生变异的重要原因。

这几年来，人们有意无意地把勤奋、踏实、严谨，与活跃、开拓、创造对立了起来。"严谨"好像成了拘谨或封闭的同义词，"老实"好像含有了贬义，应当嘲笑。人们在提倡开拓、创造的时候，忘记了踏实和严谨是基础，反而觉得自己原有的踏实和严谨已经有余，甚至是创新的障碍，因此在言论和行动上都把它们撇在一边了。结果学生变得既缺乏创新精神，又不踏实和严谨，开始虚浮、"潇洒"起来。不少人艳羡"才气"、"灵气"，不下苦功而期待"灵感"的出现、"思想火花"的迸发，不潜心修炼而"一心以为有鸿鹄将至"，把创新看作是天生的"聪明"脑袋的突然的馈赠。有的甚至游冶于校园的花前树下，以风流才子自命。这样学生学成走上工作岗位后，既无创新之举，也没有扎实的基本功和老老实实的品格，这样的学校逐渐面目不清、形象模糊起来，没有什么"个性"、"风格"可言了。

本来，勤奋、踏实、严谨，不失为一种风格，可以培养出一种有用处的人才，是应当珍视的。当然，不能满足于此，同时还要有强烈的创新意识，善于另辟蹊径，勇于开拓，勇于创造，敢为天下先。如果说风格也有格调的高低之分的话，那么，应当提升到这样的更高的格调。但是我们必须清醒地认识到，它的基础还是踏实和严谨，只能由此提升，才会有真正的高格调，真正的创新之举。就具体的人才来说，也无非是这样。例如马克思，没有他的非常严谨的治学态度，哪有他的伟大的理论创造？他为了写作《资本论》，至少阅读了 1000 多种相关的著述；他早年撰写将两位哲学家的自然哲学进行比较的博士论文，仅关于其中一位哲学家的学说，就作了长达 150 页的笔记。对这些我们应已耳熟能详。再看看我国现代的不少公认的才华洋溢的学者，也是以勤奋著称的。他们当中有些人，年轻时也有相当长的"不做笔记不看书"的经历。他们令人炫目的才华都是在老老实实"苦学"之后升腾起来的，而未见谁坐坐茶馆，喝喝咖啡，"随便谈谈"，却创获累累。离开了踏实和严谨的"创造"，都如水面泡沫，天上浮云，很快不见，并不值得效法。这也如古人一首打油诗所云："一团茅草乱蓬蓬，蓦地烧天蓦地空。争似满炉煨榾柮，漫腾腾地暖烘烘。"没有踏实和严谨，所谓"创新"，不也就如一团茅草一烧腾空便完一样？只能在一刹那间骗一下人们的眼睛。

让学生在踏实、严谨的学习和研修中勇于开拓和创造吧，让无数英才从学校里涌现出来吧。最后，我也诌一首"打油"，来结束这篇短文：

> 学子成才苦学中，
> 工商文理不相同。
> 但求个个能创造，
> 首席教授是校风。

虚拟我的大学校园

我不喜欢今天这个拥挤、杂乱的校园（本文写于 2000 年，此指那时的校园），我常常怀念它五六十年代之交时的样子。那时它有整体感的简单，却又清雅，明丽，错落有致。我想如从高空俯视，它大概像一张白描而略加点染的画片；如置身其间，则会联想到清纯而容光焕发的女子，有那一种妩媚的风韵。因而它不能不使我常常回首，使我常常要对友人说，如果哪一天我忽然交了财运（当然应是正常的）有了钱，一定不做别的，立刻捐献出来，对这个我原来心爱的校园作大大的改建。我知道这是应了古人"故国神游，多情应笑我，早生华发"那句话了，人们一定会觉得我太虚幻；"虚幻"之外，"向后看"的情绪也是要被人窃笑的。但是我仍然常常产生这种虚拟中的向往，挥之不去。我要辩驳的只是我并不是主张完全向后看，弃圣绝智，做老庄的忠实信徒，不是的。时代不同了，岂能都一样？但我不懂建筑方面的术语行话，心里想的说不清楚。现在我想试用我这校园中读书人、教书匠所惯用的成语，比附一番，来勉强表达出我的愿望。

删繁就简

过去教材改革的一个原则，叫做"删繁就简"。这个"繁"，是繁杂；这个"简"，是精要，用邓小平的话来说就是"要精，要管用"。精，管用，决非简陋。在理论、学问上是必要加精深，在建筑、设施上是必要加精美。必要而精美，应是校园改建的原则。

实现这个原则，首先是删除。近十多年来，大城市急剧膨胀起来。同根同源，位于大城市的大学校园建筑也急功近利，繁复和杂乱起来，不断破坏着原来的整体感、均衡感、空旷感，结果使莘莘学子产生了失落感。这些破坏前三"感"的建筑和设施应当统统拆除，使人一眼望去，不觉得有任何多余的东西。如果我想象中的钱不是一次到位，那么第一笔钱到手,我就要马上用来拆除那最刺眼、最挨挤的陋屋,亦即文史楼与原河东饭厅之间的那座屋!原来,乳黄色的、典雅的西式文史楼,与也相当雅致的河东饭厅之间,相距四十来米,中间有一个长方形的花圃。人走完出文史楼长长的走廊,步入花圃小路,进入饭厅,甚有意味。现在却硬是插入一座外墙灰秃秃、里面黑黢黢的土巴拉几车间式的房屋,使得人未走出文史楼,就感到逼仄、挤压,觉得污人眼目。因而这要马上拔除,还要重建花圃,即使它上面暂时只有几株不知名的小树和一片自生自长的小草也好。类似这迫切需要拆除并加以平复的地方还有不少,如几处相邻楼房之间胡乱砌成的连接物,规整、巍峨的西式图书馆侧墙上奇怪的开出的门(门上门内居然还筑上宫殿式的屋檐和红漆的梁柱),等等。然后,第二步,再逐渐删去经过论证确属可有可无的建筑,不断来接近精美和开阔的理想。

但我绝不是提倡删字当头、立在其中,删个痛快。有的建筑是不能删的,也不能改的。例如前面提到的文史楼。它是三十年代大夏大学的旧物、四十年代被日寇炸后又重建起来的。它虽属人工,但年深日久,历经沧桑,有历史的意义,甚至仿佛成了这自然的一部分,有了自己的生命;何况它本身的造型很美,在上海也是不多见的真正的"洋房"。据说文史楼因年久失修,窗户都已有点变形(我们外行尚不大看得出),再过几年,如要保留,只能推倒重建。我当然希望保留,并且希望重建时千万不要走样。尤其是那四根巨型的、美丽的希腊式圆柱,须分毫不差,而且仍然要使人从正面侧面、远处近段都可观赏,觉得赏心悦目。

在考虑删什么时,有一个什么是可有可无的问题。建筑毕竟不同于理论,只要讲管用。如果这样,文史楼占地面积不小,使用面积不大(只有三层楼面),如仅为适应学生规模的扩大计,就应推倒而新建容积率大得多的高层了。我们不能因改建校园而失去一些地方的淡淡历史感和艺术气氛,因为这些对于人的情感、人的心灵的养育,并不是可有可无的。说到头来,对于人的精神生活,本来就需要一些非实用的东西,一点仅供欣赏、使人轻松、给人怡悦的东西,人生才不至于干枯。说到这里,我特别要说一说草坪。草坪有什么用?但是你看啊,那绿茵茵的草坪,永远不使人感到多余。"删繁就简",草坪,不到万分无奈,都不应该"删",而且还要尽可能增加。

但是难道不要考虑实用了?未来的教育总是不断发展,学生越来越多,因而当然必须增加校园的建筑物,包括兴建巍巍高楼。美是不应拘牵教育事业前进的步子的。然而我企盼不管怎样发展,还是要坚持"简"的原则,不致因"多"而影响校园的整体感、均衡感、空旷感。新的建筑、设施与保留下来的部分,要尽可能在性质上、布局上、色彩上以至于体量上，相协调相和谐，最终校园整体感上仍然是"简"的。这个"简"，是对现在的"繁"的否定，是对原先的"简"的否定之否定，对原先的"简"的提高。至于如何做到这一点，我提不出一点点"有用"的意见，只会说上面的空想、空话，不过我想高明的、富有艺术才能的建筑师一定会有办法的。

弄假成真

"删繁"后的"简"，是"美"，而最美的美，是自然美，尤其对位于大城市里的大学校园来说，更是如此。

几年前我访问过澳大利亚墨尔本的拉特罗布大学。在参观校区时，我走过一处荒滩。那里沼泽地似的土地上，杂树丛生，还有连片的细细的芦苇和水草。因是傍晚，水草间传来类乎蛙鸣的声音。树丛中湿地上还横着一长条有点残缺的厚木板，可让我从上面走过去，野趣盎然。一问，主人说，这完全是人工营造而成的。这给我留下了深刻的印象。他们喜爱自然的景物，为此不惜花大气力弄假成真。而国人现在却大多喜欢弄真成假，把自然的变成人工的，还要弄到五颜六色、琳琅满目才肯罢休，现在到处可见的"仿真"建筑即是这种假。这正像我们曾充斥文坛的"假、大、空"的文学作品，现在几乎没有了，但很多读者还是不知欣赏出于人的本性的"天然去雕饰"的佳作，不知这类作品的可贵。我又忽然想到此前在湖北一风景胜地的一座古代塔楼（由于建于久远的年代，我认为它已有自然物的性质）。它的外面被装饰一新，内部更是一律彩色瓷砖贴面，新制巨画顶天立地，金碧辉煌，光彩夺目，尚未进到里边，已听得人声鼎沸。连忙走出来，静一静心，向江天遥望，根本不起一点原来以为会有的"白云千载空悠悠"的思古追远的怅惘了。继而我联想到敝校，不也是这样？敝校校园里，原来从丽娃河西端跨过夏雨岛小桥左行，有一条不知筑于何时的长长的石子路，青黛色的鹅卵石大体整齐地嵌入泥地，石子却总是很洁净。石子路一侧是绿色的小丘，另一侧是成行的高高的水杉树，行人很少，安谧，幽静。走在石子路上，有时觉得似在山林。细雨蒙蒙时，到了这里，还会领略到一点苏轼词"山下兰芽短浸溪，松间沙路净无泥，萧萧暮雨子规啼"的意境。而现在这条石子路早被改铺成水泥路，与前后宽阔的水泥马路连成一体，时有自行车飞驰而过，毫无情趣可言了。然而近年中，我却在学校的另一个地方看到筑成了短而窄的"健身路"，用大小一样的彩色石子极其平整、均匀铺就，并且暴露在光天化日之下。这比湖北那个景观虽然是小到不起眼，但人们弄真成假的喜好，一样表现出来。

我想，鉴于目前已有太多的弄真成假的处所，好多本来的自然风光已被人工景观替代，我们在伤心无奈之余，只好回过头来，向拉特罗布大学学习，再来弄假成真，也来搞人工的自然了。不过我以为我们可以不完全步人家的后尘，不要主要去营造并未有过的真，而去恢复曾经有过的真。例如恢复校区与教工新村之间的小小梨树林（当年真有过"千树万树梨花开"的景色）；例如恢复地理馆后面的树苗浓绿满地、花开姹紫嫣红的生物园。这倒主要不是为了怀旧，因为未来的师生心里未必有这个"旧"；而主要是因为这些近乎自然的景点，是出于前人当时的统一的构思，所以可能是最为适宜的安排，所以如果有钱，在这种地方要不惜花大钱、出大力，来弄假成真。物质贫困的杜甫曾经歌唱："安得广厦千万间，大庇天下寒士俱欢颜，风雨不动安如山！呜呼，何时眼前突兀见此屋，吾庐独破受冻死亦足！"在物质丰足的今天，我则要夸张地学舌一句："呜呼，何时眼前突兀见此园，吾庐独陋受穷心也甘！"其实屋陋何怕之有？在陋屋感到憋闷时，大可到那很少人工痕迹的园中去，于花前树下，倘佯，盘桓。如遇春风夏雨，苍茫暮色，更会添无穷兴味，哪里是广厦可比的，更不是现代化的、终年开着空调的、封闭式的大厦可比的！

境界全出

"删繁就简"、"弄假成真"，好像还不能概括我的校园理想的全部，或者说未能完整地说出我心里所要说的。我还是得借用文学批评的语言来说，那就是："有境界"。

王国维说："词以境界为最上。有境界则自成高格，自有名句。"诗和抒情散文等作品也应如此。我觉得，规模大的大学校园如长调，小的高校的校园如一首小令，或者如长短不同的诗、散文。一个校园是否值得称道，是不是"绝妙好词"，是不是"美文"，就要看它是不是有境界。"有境界"是最高标准。最低标准呢，就是前面说过的要求：建筑、设施相互之间以及与宇宙自然的协调，和谐，统一，就像诗词的有起承转合，文章之能文从字顺，处处妥帖。这是基础，没有这个基础条件就谈不上什么境界，而有了这个条件也还并不是就有了境界。

那么怎样才是有境界呢？王国维接着说："能写真景物、真感情者，谓之有境界。否则谓之无境界。'红杏枝头春意闹'，着一'闹'字而境界全出，'云破月来花弄影'，着一'弄'字而境界全出矣。"所举名句中，一个"闹"字，一个"弄"字，使所写景物、感情骤然生动、显豁起来,如在目前,而绝无"矫揉妆束之态",于是就"真",于是就"境界全出"。一个校园也要有"名句",也要在适当的地方,着一传神的动词而尽得风流,"境界全出"。大的校园,最好还能有两三名句,两三个传神动词,出现在恰当的地方。例如前面提到的丽娃河北端草木葱茏的夏雨岛,就如一美妙短句,不可删夷,不可遮蔽,只能修筑得更加俊逸跳脱;丽娃河中段上的拱形大桥,更是名句,仿佛是"词眼",为一篇之警策,要好好保护,否则整个师大园,风流尽失。有人说,写诗填词,往往先有佳句,后有全篇。读者读后如记得佳句,也就行了。那么,人到过师大,对丽娃河留下印象,也就行了。还要知道如今华东师大校园原为三十年代的风景区,叫丽娃丽姐村(茅盾的名著《子夜》里就有艺术的记录,你不妨去查证),天生丽质,不是在随便哪个大学里都可看到的。再如改建于五十年代初的红墙黛瓦的办公楼,位于校园的中心,前后雪松、海棠树掩映着,则是最传神的一个动词,就像王国维所举的"红杏枝头春意闹"中的"闹"字,改掉了这个字,整句整篇就黯然失色了。所以前几年,有人提出这办公楼太小,不敷使用,说要加层,还要加宽,我很紧张。要知道这座楼的体量一变,风韵也就没有了。我不便说在别人听来是酸溜溜的书生话,连忙说中外客人到师大,好几个都说师大最漂亮的房子是这办公楼,不要改。办公地方不够应另想办法,这样抵挡了一下。后来终于没有改。我想那几位客人真是有识之士,其校园理想一定和我相似。

辑
四

白如霜雪　坚似磐石

诗人瞿秋白

瞿秋白主要是革命家,大半生都是在紧张地从事革命的实践活动和政论、文论写作。然而瞿秋白本质上是诗人,或者说他的本色是诗人。他自幼就表现出浓厚的诗人气质,并已写出不少风格清新的旧体诗,不过大多散失。其中留存下来的,有一首他十五岁那年的五绝:

> 今岁花开后,
> 载宜白玉盆。
> 只缘秋色淡,
> 无处觅霜痕。

少年诗人说,菊花配上洁白的花盆,显得多么淡雅高洁,如果到了深秋,落上一层晶莹的白霜,凄清明洁,就更超凡绝尘了。诗中自然地嵌入自己的字"秋白"和名"霜",以重申他幼时已立的不入流俗、甘受清冷的志向傲气,同时又隐约透出家庭衰败、生计维艰而生的悲感。

瞿秋白走上革命道路之后,无暇多作诗词,但一事一境还是会触发他的诗情。身处某种实际斗争局面而适合于用诗作应对时,也会即兴写出诗稿,例如 1923 年 12 月,他在上海暂别未婚妻王剑虹,赴广州与国民党领导人商谈国共合作事宜期间,作了一首"情诗",写在五彩布纹纸上,夹在信里寄给王剑虹。这首诗表现了另一种情怀,豪迈而欢快:

> 万郊怒绿斗寒潮,

检点新泥筑旧巢。

我是江南第一燕，

为衔春色上云霄。

瞿秋白借景抒情，自比报春云燕，神采飞扬。全诗一气流注，明快自如，表达了革命者的自豪与喜悦，同时也是向爱人传达至深心声，具有古人所说的"高情远韵"。在此前后，他翻译外国诗歌，选择篇什也是出自内心的需要，译笔中流露出自己独特的情思。就在同年年初，瞿秋白从新生的苏联回国不久，翻译了《国际歌》：

起来，受人污辱咒骂的！

起来，天下饥寒的奴隶！

满腔热血沸腾，

拼死一决战矣。

旧社会破坏得彻底，

新社会创造得光华。

莫道我们一钱不值，

从今要普有天下。

这是我们的

最后决死争，

同英德纳雄纳尔，

人类方重兴！……

6月，瞿秋白显然在《国际歌》的启迪下，写了一首《赤潮曲》：

赤潮澎湃，

晓霞飞动，

惊醒了

五千余年的沉梦，

远东古国

四万万同胞，

同声歌颂

神圣的劳动。

猛攻,猛攻,

捶碎这帝国主义万恶丛!

奋勇,奋勇,

解放我殖民世界之劳工。

何论黑,白,黄,

无复奴隶种!

从今后,福音便被,天下文明

只待共产大同……

看!

光华万丈涌。

它与《国际歌》一样,气势磅礴,音调高昂,有些词语也相仿佛;同时又形象瑰丽,自有特色。《国际歌》来自欧洲,召唤全世界工人阶级作最后的斗争;《赤潮曲》也是战歌,鼓舞中国乃至整个东方劳苦群众向着帝国主义、殖民主义奋勇战斗,解放自身。它好像是《国际歌》的姊妹篇,好像是《国际歌》在东方的回响。这是一首新诗(白话歌词),不过语言、格调上带有颇为浓重的旧体诗词痕迹,不是纯净的白话新诗。

在瞿秋白告别青少年时代到被囚狱中前的长时间里,主要是写作新诗,这是新文学潮流涌动的必然。他后来的新诗比较纯净、流畅,但终未达到他的旧体诗词那样高的艺术水准。三十年代初期,他为了提倡文艺大众化,不顾对其形式的生疏,在很有限的时间里努力向民间艺人学习,写了许多通俗歌谣,通俗易懂,十分顺口,可读可唱。最著名的是《东洋人出兵》,写了"上海话"和"北方话"两种唱词,供读者选择。瞿秋白并不计较艺术上的工拙,只求充分表达出民众对侵略者和国民党不抵抗政策的愤慨,鼓起他们反抗的激情。瞿秋白无论在新诗还是他更不纯熟的通俗歌谣,都同样富于感情,在这一点上与其旧体诗词并无二致。从性情上说,他一直是诗境中人。

我们说瞿秋白本色是诗人,主要是指他与生俱来的性情而言,而不是根据他的诗歌数量,也不是说他的诗都是华妙精深的佳作。瞿秋白其人,仪态温文而内心炽热,感觉敏锐而感情真诚。而激情和真诚,正是诗人的本质。是否真的诗人,不在于诗作的多寡或其是否皆属上乘。在不写诗的时候,瞿秋白也是诗人。

瞿秋白在诗之外的许多散文,甚至如《鲁迅杂感选集序言》,也有许多诗的成分,字里行间回荡着诗的激情,满含诗的韵味,以致被众多有识者誉为"散文诗"。我们还可以说,瞿秋白的一生革命经历,也是诗,是无字的诗。因为在上世纪三十年代,"革命",是对现实社会的不满、反抗和超越,而对现实生存的不满和超越,就是文学的本质,诗的本质,与诗相同。瞿秋白的整个意气飞扬又艰险备尝的革命战斗生涯,就是一首可歌可泣的长诗。两者在他身上融为一体,如秋日长河上水天一色,是不可析分的。瞿秋白在早年就意识到:"我生来就是一浪漫派,时时想超越范围,突进猛出,游一番惊愕歌泣之奇迹。"他说的"浪漫",就是时时想超越现实,实现人类大同的理想,这是豪迈的诗情。这种"浪漫"是瞿秋白的本色,是他一生的写照,诗内诗外,都是如此,直至他生命的终点。

"现实"与"浪漫"的冲突

——读《赤都心史》

　　刚刚经过"五四"洗礼的瞿秋白写的《赤都心史》,在众多文献不断被发掘出来的今天,难以断定这是不是中国人最早报道苏俄的文字,但像这样不仅记载"所闻所见",而且融入作者个人整个心灵写出自己"所思所感"的文学作品,这应该是第一本。它既是当年苏俄"社会的画稿",又是后来成为中国共产党主要领导者之一的瞿秋白的"心理记录的底稿",因而今天读来,会引发我们更多的感受和思考。

　　瞿秋白写这本书时,只有二十二岁,还未从俄文专修馆毕业。但是被同学友朋誉为"少年老成"的他,此前"为寻找中国社会问题的解决",凭借着通晓俄语的便利,已研究关于俄国和十月革命的材料达三年之久。新生的苏俄是他心中的理想之境,他热望从中找到改造中国的方案,与世界一起迎接人类的"黎明"。这是我们从《赤都心史》的许多篇章里感受到的,是《赤都心史》的基调。但是新生的苏俄社会究竟如何?瞿秋白在考察中并不武断。他以研究者的态度,认真观听,忠实记录,细心体悟,紧张思索,从而相当真实地呈现苏俄开头那几年的社会变动、人心向背。

　　《赤都心史》写于1921年2月至1922年3月,正是苏维埃俄国从实行"战时共产主义"(瞿秋白称之为"军事的共产主义")转向推行"新经济政策"之时。接连几年的帝国主义战争和国内战争极大地破坏了苏俄的经济和生产力,物质极度匮乏,大规模的饥荒饿死了许多人。苏维埃政权获得久被地主、资本家压榨的劳动者的拥护,但面对内外交困的局面常常疲于应付、陷入困境。瞿秋白目睹列宁受到工人群众热烈拥戴的场面,亲身感染到革命胜利的气氛,为之振奋;看到苏维埃政权保护优秀文化和艺术遗产、努力普及教育、不遗余力地救济饥荒,发现这里人与人之间形成的一种平等关系(如"医学博士"与"老妈子""携手同歌"),为之感动。这一些都自然地流露于他的笔端。但他也不忽视种种阴暗事物和深层矛盾,同样具体地描述出来。战时共产主义时期实行余粮收集制过程中,他"时时听见农民反抗的事";推行新经济政策后,政权机关中人又从中谋私,产生腐败(例如一个浓妆艳抹、出手阔绰的"新妓女"是一个"委员"的相好,这种情况,路人皆知)。对于相当普遍存在的"官僚问题",他还觉察到它源于过去"封建余毒"、"东方专制政体",而在现在的体制内"种得很深的根底",不易清除。这一切,他都不回避。还有街头上、商铺里一些百姓对新政权的冷淡、一个地主被剥夺土地财产而致疯等等社会的矛盾和革命的严酷,他也作了客观的记述,有立此存照、提供研究的用意。因而《赤都心史》里的苏俄,不是一个片面的苏俄,不是一个简化的符号,而是一个新旧交替、光明与黑暗并存、希望与失望同在的充满各种矛盾的社会,是读者可以感知和理解的真实的社会。

但就瞿秋白的情感倾向来说,他虽有困惑,却总是相信"革命的伟力"、"群众的伟力",相信列宁和苏维埃政权会使一切都变得好起来,认为阴暗和严酷的存在只是说明布尔什维克"创业的艰辛",总"自然倾向于解决"的。比较起来,他的这些乐观估量,比那些对问题的实录,偏于抽象,更多是出于一种真诚然而不免单纯的愿望。不过直到今天,我们还是可以认同他,因为那几年列宁领导下的苏维埃俄国确实在发展壮大,是可以为他提供事实作出证明的。就是瞿秋白本人,到1923年1月他回到北京写作《赤俄之归途》时,也已能以许多实实在在的事例,告诉国人:"两年前的莫斯科再也不是现在的样子。当我初到时,俄国真正异常穷窘,……等我决定要走的时候,情形却大不同了。"这使他对苏联(1922年底建立了苏联)更加充满了信心。但历史是复杂多变的,总是拒绝一时的单纯的判断。实际上,由经济文化落后的、保留着封建农奴制残余的旧俄转变而来的苏俄社会,内里一直存在着许多思想意识上及体制上的矛盾和问题。正在瞿秋白写这篇文章的前二十多天,重病中的列宁口授了《给代表大会的信》(后被称为"遗嘱"),担忧俄共党内由于领导人之间的冲突而有分裂的危险,进而指出斯大林"太粗暴",建议把他从总书记的位置上调开。然而这个建议没有实现,留下了一个深重的隐患。瞿秋白当然不可能知道这类非常深层的矛盾,他只是为眼前的进步而感到鼓舞。

但是,即使当时和后来有某个人了解这一秘密及其他体制上的问题而且睿智超群,也不可能预测到六十余年之后,苏共会下台,苏联会解体。反过来说,我们是相信马克思预见的理想社会即共产主义社会一定会实现的,但是谁也不能测定具体的进程和形态。历史的具体的结论只能由曲折的历史自己作出来。一般的研究者只能作认真的、细致的考察和分析,尽可能反映出某些方面的真实。《赤都心史》的价值,就在于它既表达出对共产主义理想的向往、新生苏俄的活力和他的乐观的估量，但又绝不作简单、片面的描述，而同时忠实地记录了苏俄社会来自外部的重压和内部业已产生的病症，从而提供出一幅珍贵的历史写真。并且因其早，更有其重要的史料价值。

由于《赤都心史》又是瞿秋白当年"心理记录的底稿"，有不少篇幅真切地抒写对人生的感悟和思考（只是有的是直接的，有的是间接的），因而，它也是研究瞿秋白思想发展的重要依据之一。不过我并不想谈这方面的问题，我在这里想要指出的是，正因为瞿秋白在观察、思考苏俄社会时，真诚地融入了自己整个心灵，所以他也在一定程度上写出了这个社会的心灵。《赤都心史》多处谈到他思及自己没落的封建的"士"的家族，表示绝望，决心不做它的孝子顺孙，决心投入到"世界文化运动的先锋队"里，但又时时感到"烦闷"，觉得"心智不调"，陷入"现实"与"浪漫"的冲突。所谓"浪漫"，是指他说的追求个性的自由发展，也是指他对共产主义社会的向往。他的人生理想是："在此人类进步的进程中，或能为此过程尽力，同时实现自我的个性，即此增进人类的文化"，也就是说取得社会发展与个性发展的谐和统一。他认为人类进步的事业需要群体一致尽力，但自我的个性也不能泯灭。他过去置身的旧家族里谈不上这种谐和统一，他因而绝望；现在在苏俄的现实里似乎也看不到，因而内心冲突不能宁静，甚至感到痛苦。瞿秋白可能没有明确认识到苏俄社会斗争中群体性与个体自我的矛盾，但他确实有此直感，这是他最大的困惑。他只看到尖锐的社会矛盾、革命斗争的"不得已"的严酷和经济、政治上的高度集中，而看不到个体自我在其中的地位。我以为这是《赤都心史》给我们的一个重要启示。苏俄和后来的苏联始终没有解决这个问题，瞿秋白在后来国内的革命生涯中也没有找到答案，他到临终前仍然为此感到痛苦。这是一个人生难题也是一个社会难题。而《赤都心史》，如果我们细心读一读，是会增进对这一问题的思考的。

对革命者人性的深刻表达

　　至今的瞿秋白研究文章，大多是描述、论证瞿秋白对党和中国革命事业的贡献，和他勇于担当、敢于斗争的政治品质，这当然是十分必要的。然而是不是还可以对他作更全面、更根本的描述和评价呢？最近常州纪念瞿秋白就义八十一周年暨梁衡的散文《觅渡，觅渡，渡何处？》发表二十年，我重读了这篇散文。翻检资料，看到作者本人2001年作的《〈觅渡〉自注》，其中有问："是'党'大还是'人'大？是'人生'大还是'革命事业'大？"恍然憬悟，《觅渡》是从一般人性来写瞿秋白的。因而，这篇并不很长的散文，比许多研究瞿秋白的论文和论著，更引人瞩目，更受人欢迎，尤其是对于广大一般读者来说。

　　《觅渡》一文，彰显瞿秋白主持八七会议，"挑起了统帅全党的重担，发出武装斗争的吼声"的功绩，赞美瞿秋白被捕之后柔弱躯体内的"骨头"之硬，但这些只是文章内容的一个方面，花的笔墨也不多。文章并不限于写瞿秋白的政治观点、革命立场，而写了他的全人：他如何自幼从觅渡桥开始思索"人生"的意义，广泛接触多种文学艺术，挚爱中国传统文化，他一贯的求真求美的知识分子品性和复杂的思想、丰富的感情乃至与人交往中的温情和风趣，以至他平静的音容笑貌和坦荡的人生态度，还有他曲折的悲剧性的命运和最后的困惑和自责，全面展现出他的全人格。

　　马克思提出过"人的一般本性"的问题。马克思说，"首先要研究人的一般本性，然后要研究每个时代历史地发生了变化的人的本性"。这就是说，人是具有一般本性的，然后在每个时代人性会发生变化，例如形成不同的阶级性、政治性。但在变化之后，还总是能够在他们身上看到"一般的人性"表现。那些人性并不是抽象的。梁衡就不把瞿秋白只作为一个革命者、一个党的领袖人物来写，而写出他一般的人性，从他自幼形成的良好的人性基础说起。这样的描述能够使读者看到他灵魂中的奥秘，包括他何以要参加革命和共产党并且至死不变的深层原因。有的权威说共产党员是"由特殊材料制成的"、"具有特殊性格的人",梁衡笔下的瞿秋白却并非如此,瞿秋白自己也说过,他并不"特异"。一些一般的读者(包括外国读者)对我们党和中国革命并没有深刻的认识,然而梁衡笔下的瞿秋白,使他们受到感动,感到亲切,觉得他是和自己一样的人。这是《觅渡,觅渡,渡何处?》与许多研究瞿秋白的文章不同的地方,也是它能够广受欢迎的原因。当下,国人还很可能把这篇文章中的瞿秋白的洁白人性、高尚品格,与眼下党内数量不是很少的贪腐成性的官员作一对照,看到他们已滑落到"人"的底线之下。这也许是作者没有预想到的现实教育作用。

我认为,基于"一般的人性"写共产党人、革命先烈,只要写得真实,并不是放低标准。毛泽东说要做"一个纯粹的人",显然是一个高标准;而且从"一般的人性"来认识人,还可以拓展人的内心疆域,看到一个革命者的方方面面。就是说,基于"一般的人性"来写,可以既有高度,又有广度。这是梁衡这篇文章对我的启发。他写周恩来、彭德怀、张闻天的文章,也各各具体细致地描述了他们令人感动的人性表现。

梁衡由于深入探索瞿秋白的人性,觉得他是"一个多重色彩的人","像一幅永远读不完的名画"。这是说得很对的,因为人性状态,是浩瀚无边,又深邃复杂的,瞿秋白就一生都在思索人生的真谛,例如他青年时期曾研究佛学,为的是从中寻找人性奥秘、人生航向。直到他行将离开这个世界的最后时日里,还在想着如何"比较精细的考察人物,领会一切'现象'","亲切了解人生和社会,了解各种个性的人,而不是笼统的'好人'、'坏人',或是'官僚'、'平民'、'工人'、'富农'等等";那些人都是"有血有肉有个性的人"。他同时深刻解剖自己,希望看清自己是一个有"弱者的道德"的中国传统"文人"呢,还是"认真的为着自己的见解去斗争"的"政治家"? 但他没有得出明确的结论。梁衡没有也没有想穷尽对瞿秋白的认识,只是想引起读者深长的思索。一切优秀的文学作品都致力于探测和表现人性的奥秘,并不对一个人或一件事作出简单的、概念化的结论,这是文学不同于政论和一般学术论文的特征。《觅渡,觅渡,渡何处?》就是这样的优秀的文学作品。

这篇散文很有诗意。首先,这是因为美好的人性本身都是蕴含诗意的,这篇散文真实表达一个人的美好人性,就必然有了诗意。而且作者的感情真挚,他是从自己内心最深的感受出发,来选择和描述瞿秋白的一些经历和事例,抒发出自己的真实看法、真情实感,更使文章诗意浓郁。那些看法和情感笼统来说并不是他所独有的,而是现在众多读者都有的,具有普遍性;但由于出自他最深的感受,浸透了他的个人情志,因而又是独特的,某种程度上也写出了他自己。其次,是因为文章所引的事例,都十分具体,还有很小的细节,很少作"提纲挈领"的简括。具体,正是文学作品的特征之一。作为优秀的作家,梁衡的作品还形成了自己的风格。他行文大气,情感充沛、激越,如高山巨川,像关西大汉的歌唱;然而又并无声嘶力竭的呼喊,却间有低回不尽的感叹,一种"杨柳岸晓风残月"式的婉约风致。情感充沛、语言畅达,是形成梁衡风格的因素,但不是主要的因素。形成梁衡散文大气的风格的主要因素,一是在于他视野开阔,二是在于他有忧天下的情怀,常常对宏阔的人类历史、国家民族和当下社会的重大问题或难解的问题作深入的思考,而绝少对身边琐细情事描头画角,抒发一己的纤细感觉,表现"小资情调"。他有一篇《文章为思想而写》,就是夫子自道。我们今天的文学中,独抒性灵和专意于娱乐的作品,多了一些。像梁衡那样写重大题材,紧张思考世道人心,发出黄钟大吕之声的作品,所见甚少。因而梁衡的散文和"文章为思想而写"的主张,是很值得重视和提倡的。

白如霜雪　坚似磐石

现在不少人谈论我的舅舅瞿秋白,每喜侧重描述他的倜傥风度、书生意气和矛盾心态;看瞿秋白的著述,则不大翻阅那五百万字的文章,常只读一篇《多余的话》,来表示赞赏和"理解"。其实这里面含有许多自以为深得今天时代风尚而实际上流于浅俗的曲解。瞿秋白确实是一个温文尔雅的知识分子,《多余的话》确实表达了他临终前的真实心境。但是瞿秋白的儒雅风致后面有英雄的胆识,文采风流里面是一以贯之的崇高信念,复杂矛盾的意绪中间弥漫着凛然正气。而且后者是主要的。否则,他早年怎会冒万里风雪往饥寒交迫中的俄国追求革命真理? 他年仅二十八岁时怎能挑起中国共产党主要负责人的历史重担? 最后又如何能够从容、沉静地走向敌人的刑场? 他的品行洁白如霜雪,已为很多人所认识;他的斗志强固似磐石,却为人所忽视。瞿秋白曾爱读《诗经》,在《多余的话》中还摘引诗句以为题记。我现在不期然地也想起《诗经·柏舟》篇中的几句:"我心匪石,不可转也。我心匪席,不可卷也。威仪棣棣,不可选也。"觉得这可作为秋白人格的最真切的写照。他的心志强固坚实如磐石,而不是可任人转动、卷曲的石块、席子之类。他始终保持着不屈不挠的革命者的庄严。

想起瞿秋白的种种,感受他的勇猛、崇高和凛然正气时,我常常会同时想起他的弟弟景白和坚白。这不仅因为他们是在秋白的带领和感召下走上了革命道路的,也不仅因为他们同样只度过短暂的人生,就壮烈牺牲了,而且他们的品性、气质与秋白有很多相似的地方:嫉恶如仇,富于理想,淳厚,刚强,只是这种品性在他们身上比较外显。而这,我觉得恰可以照亮他们的长兄秋白的精神的主体、品格的根本。景白和坚白,由于家道中落,自幼由姐姐轶群(即我母亲)照护,投奔杭州四伯父家,寄人篱下,相依为命。后景白到浙江第一师范读书不久,就开始受到秋白共产主义思想的影响。秋白1923 年 11 月在上海《时事新报》发表的散文《弟弟的信》,曾引录景白给他的一封对阶级压迫表示无比愤恨的信,赞许说:"弟弟,景白,你大概渴望那东方……早升旭日?"随后景白也有诗作在秋白主编的《新青年》季刊上发表。1924年夏,景白到秋白任教务长的上海大学学习,从此坚定地与兄长站在一条战线上。"五卅"前后,他常带领同学游行,讲演,并担任过曹家渡区青年团的负责人。曾五次被"捕房"监禁,而始终斗志不减,还在会审公廨开庭审讯时当面驳斥、嘲弄了美国领事。在莫斯科中国劳动者共产主义大学(即"中山大学")学习时,他坚决支持时任中共驻共产国际代表团团长的秋白,与王明等人及其后台激烈对抗。在1929年10月的一次会上当众作了抗争的翌日,终于"失踪"。所谓"失踪",就是已被谋害。这件事显然是王明及其后台对瞿秋白的打击。这是当时"中大"身历其境者的共识。到1930年,瞿秋白直接受到了打击,横遭诬陷,被解除了职务。秋白景白,既是骨肉情深的手足,也是同仇敌忾的战友。坚白与秋白之间,则存在着一种精神上的却也是非常紧密的联系。坚白比秋白小十四岁,他尚未懂事的时候,秋白已远离亲人,并未直接对他有所引导。然而秋白的革命志向、人生理想,一直强烈地感召着他,深深地吸引着他。他高小毕业,初入社会,在浙江镇海县教育局里当最低级的雇员,却冷然面对国民党的党棍政客们。他曾独力顶住当局集体加入国民党的指令,宁可打破饭碗,也拒不加入。1935年,秋白在长汀殉难。坚白从报上获悉消息,掩门痛哭,从下午直到半夜,不思茶饭。翌日出门,却如无事一般,但从此很少言笑。那天晚上他心里已打定了主意。1938年,他终于找到机会。带上由姐姐打点的极简单的行装,历尽艰辛,辗转由武汉而至延安,他终于实现了自己的愿望。他先后在陕北公学和抗大学习,以后任晋冀鲁豫边区政府教育厅科长、太行区地委调查研究室干部等,工作中"一贯积极负责,艰苦奋斗,为其他同志的榜样,为负责同志所表扬"。(引自中国人民解放军第二野战军政治部民运部给我母亲的信)1943年日寇"扫荡"时在太行武安县百草坪与敌人遭遇,壮烈牺牲。现在我们尚可看到他生前在一位同志笔记本上写的两首诗和三则杂感,而想见他当年延安革命青年的风采。其中两则杂感的立意和格调,竟与秋白文章有相同的神韵。秋白坚白,真是前仆后继。而后继者坚白,最后也以在抗日沙场洒下的一腔鲜血,证明他没有辱没秋白的遗志,证明他与景白一样,也是秋白的好弟弟。景白坚白,虽不像秋白那样广为人知,但他们刚烈、坚贞的精神品格,却可相互映照,能够相得益彰。

现在我们纪念瞿秋白百岁诞辰,然而他在世只有三十六年。他的三弟景白"失踪"时,仅二十三岁。他的幼弟坚白牺牲,也不过刚到而立之年。然坚似磐石的高尚意志可以给短暂的生命以价值和意义,不会因人死而落于虚空。它会留清气于乾坤,给历史添一点瑰玮的风姿,给生者立一种精神的支撑。瞿秋白在《儿时》一文中曾叹息"生命没有寄托的人"应是悲哀的,"而假使他的生命溶化在大众的里面,假使他天天在为这世界干些什么,那末,他总在生长,虽然衰老病死仍旧是逃避不了,然而,他的事业——大众的事业是不死的,他会领略到'永久的青年'。"瞿坚白的一则杂感写道:"生与死间只一刹那,英勇就义前的一刹那,是最光明最坦然最愉快的,如果屈辱偷生虽百年又何足乐?!"这几行字不久就被他们自己的热血染红了,是带着他们的健全人性的全部重量的,因而在我,无论到何时何地,都是不敢轻视的。

认死理

——写在母亲节之际

母亲去世三十年了，每想起她来，脑中总是浮现出她严肃地端坐着看书的样子。记得她临终前那一年，有一次笑着对我说，我一生一世就是喜欢看书，从书里得到很多安慰。说时像是感伤又像是庆幸。母亲出身于典型的封建官僚家庭，但少年时家境急遽败落，外婆因家里极度贫困、族人又谣诼不断而自杀身死，母亲带着两个弟弟投奔到她的伯父家里，寄人篱下。在凄凉寂寞中，她以书为伴。

母亲的文化水平并不高，幼时没有受过正规教育，只在长辈（其中主要是一位双目失明的远房叔父）的教读下学习过《千字文》、《幼学琼林》一类的启蒙读本，此外就是自己看了许多旧小说。不过从我记事起，她看的几乎都是五四以后的新文学作品，并且与时俱进，新出的进步的、革命的、"文笔好"的小说和散文她都看。这些书应是我当中学语文教师的父亲的积存和后来当共青团干部的姐姐提供给她的。我现在全面回想她的言行，觉得她头脑里都是一些自由、民主、公正、平等的道理，并且十分牢固，她的思想观念显然是从许多新的文学作品中得来的，虽然她很少说也不大会说这些名词。同时，我认为还与她在旧家庭里受的不少刺激有很大关系。我小时候，她曾气愤地对我讲过，她寄居的伯父家虽也已没落，却仍拥有一些"下人"，她的堂姐妹高兴时你一巴掌我一巴掌打丫鬟的耳光取乐，"不把丫头当人看！"她说这些时的愤然表情我至今印象深刻。她还常讲到一些族中人如何懒散无能、弄虚作假。记得她读了巴金的《憩园》后，不胜感慨，她一定是想起了自己曾经的一切。

由于受女子应自立自强的道理的激励，也因为家里经济拮据，我母亲总想出去做事。但一直事与愿违。抗战时，我们家随着我父亲工作的中学逃难到台州一带，母亲好不容易得到一份布店店员的工作。但布店老板要她量布时，每量一尺，要快速往回退缩一两寸。这在当时布店里似是相当普遍的赚钱手法，但母亲不干，僵持了几天，只好辞职。抗战胜利回到家乡,她曾到村里的小学(初小)教书,但只教了一年多时间,又辞职回家了。这次倒并不是什么人对她提出了不合理的要求,而是母亲一段时间下来,自己觉得不大符合当教师的要求,"资格不够",例如写不好粉笔字、不善于带学生做游戏,产生了误人子弟的惶恐,再三请辞而归。直到五十多岁移家上海后,连续做了八九年里弄干部,才觉得自己有点价值,感到宽慰。对于我们子女,也要求我们有作为、有骨气,而并无"望子成龙"的念头,她认为那是庸俗的想法,有钱有地位的"龙"她见过不少,但觉得如果品行不好,那种人生并没有什么意义。有一次,她看完了一本捷克斯洛伐克的题为《少年爱国者》的书,那书写二战时期一个捷克少年如何参加抵抗活动,被德国兵逮捕,不屈而死。我刚好走到她身边去,她很动情地对我说:"我希望你们能够成为像他那样的人!"

我初小毕业后读高小,要到四五里外的"乡校"去上学,一星期回来一次,去时要用小扁担挑上一星期吃的米、菜和换洗衣服。住在我家隔壁的小婶婶看我很小的一个人这么挑着担子要走,很难过,陪着我走出村口,回头还坐在一处石阶上含泪目送我远去。我母亲呢,只是朝我挥挥手,早就转身回屋里去了。村里的人说我母亲的性子像个男人。我的母亲大概像我的外婆。外婆死后,她的哥哥写的挽联中称:"我妹非人妹,傲骨珊珊男子相"。这"相",不是指相貌,而是指性格。我母亲也是"傲骨珊珊",遇事有主见有担当,不肯屈从歪理,苟且过活。

母亲晚年,性格依旧。母亲的哥哥瞿秋白因为在国民党狱中写的一篇《多余的话》,在"文革"中被诬为"叛徒"。1979年清明节,我到杭州给父亲扫墓,母亲要我代她给中央纪委写一封信,要求平反。此前虽已有思想理论界一些同志提出平反的问题,但迟迟没有结论。我这时已是高校教师,自以为比母亲懂得政治的复杂性,认为上面总有上面的道理,我们平民百姓写封信有什么用?母亲说:"我不管这些!你大舅舅翻译了《国际歌》,他又唱着《国际歌》走上刑场,怎么是'叛徒'?《多余的话》我当时在《逸经》上看过,叛变在哪里?"我就代她写了,用一般的挂号信寄出。不想不到一个月,中央就派了三人一行的复查组来看望母亲,并口头传达了纪委第一书记陈云和第二书记胡耀邦的批示,对平反问题表示了明确的态度。我十分惊喜。母亲当然也高兴,不过并不很激动,她似乎认为这很自然,是理所当然的事。因为她是一个认死理的人。

我受母亲的影响,曾经也认死理。后来经历的事多了,感到判断是非不能简单化、绝对化,遇事要多方面辨析、适当变通才对,开始"成熟"起来了。但如今不少人,太灵活、乖巧了。譬如有的说对"第三者"应该容忍值得肯定,因为她(他)出于真正的爱情,而真正的爱情是美好的;有的说考试作弊情有可原,因为命题的过程和监考办法有漏洞,谁不作弊谁就会吃亏;有的说官场上按"潜规则"行事很正常,不必大惊小怪;有的说亲人犯法可以甚至应该知情不报,好像"亲情"大如天,法律应当向它低头。同时,人们又对社会上乱象丛生,"道德滑坡"表示不满。而我想,这正与上述是非标准上的"灵活"有关。该是讲一点死理的时候了。我母亲如果还在世,一定还是要讲死理的。讲死理可能会失之简单,但有时,简单自有简单的力量。

迟到的祭奠

　　10月10日，我们夫妇和瞿秋白纪念馆的两位同志，从浦东机场出发，去河北武安寻访经很长时间才大致弄清楚的我小舅舅瞿坚白烈士的墓地。这比国家确定的中国烈士纪念日9月30日已晚了多日。我们晚上到达邯郸，翌日包了一辆面包车北行，到永年再转道向西，12日到了武安市。

　　武安是邯郸市下属的一个县级市。墓地在位于南关街南端的烈士陵园内。在陵园不远处街道旁，我们找到一家花店，请店主做了两个颇为亮丽的花篮。然后在两个花篮的红色纸带上端正地写上"深切缅怀瞿坚白烈士"，在一个花篮上署"外甥女王凌志外甥王铁男王铁仙敬献"，在另一个上署"瞿秋白纪念馆敬献"，以表达我们亲属与常州人民对烈士的怀念和敬意。

　　武安烈士陵园面积颇大，有的地方尚在整修中。中间是一座建造于1946年5月的"抗日烈士纪念塔"。纪念塔呈六角形，有两层，古朴典雅。塔内矗立一块高高的石碑，上刻抗日战争中牺牲的646位烈士的名字。左面是烈士墓群，排列整齐。这些墓是1963年从各地迁来重建的。第一排左起第二个就是瞿坚白烈士墓。我们四人在墓前肃立，鞠躬，我和爱人低声诉说对他的久久思念，我爱人还流下了眼泪。我们终于找到您了，我们出生很晚无缘见上一面的亲人！我的母亲，那比您大十二岁曾相依为命、在1938年您离开杭州远赴延安后又对您日思夜想、如今也早已长眠地下的您的如母长姊，在1949年接到第二野战军政治部通知，知道您早在1943年牺牲时，极度悲痛，饮泣良久。那情景我一直未能忘记，今天更加清楚地浮现在我眼前，思绪绵绵，我们来此祭奠是太晚了。我们在墓前墓后盘桓一会，留恋不舍地离开墓群，走向中间宽阔的广场，沿着两边种植的苍松翠柏，到烈士纪念馆去观看众多烈士的图片和事迹展览。其中瞿坚白烈士展板上，叙述1943年5月，他在太行六专署调查研究室工作时，日军大举进攻根据地，"14 日，日军在特务引导下，包围了瞿坚白等人隐蔽的天井垴，在敌我力量悬殊过大的情况下，瞿坚白、凌尔寿、王泉礼、顾英俊、陈守仁五位志士宁死不屈，坚决突围，被日本侵略者枪杀于天井垴内。时年三十三岁"。

　　他们五人原来安葬在什么地方呢？我们所见的资料都说是武安百草坪，百草坪离"车谷村"不远，当年瞿坚白等牺牲后，就是车谷村的农民安葬的。百草坪正在天井垴山坳里。为我们开车的司机小陈长期在邯郸一带工作，大致知道车谷村、百草坪在何方。他驾车离开县城，一路思索、辨识。运气不错，不久，他偶在公路一处停车向一位老乡打听，不想这里正是车谷村。我们忙问你们这里有没有瞿坚白的墓？这位老乡说："好像有这个人。"一面有点警惕似的反问："你们哪里来的？为什么要找他的墓？"我们作了说明。他点一点头，往前走了十多步，向公路下方的山脚下一指："在那里。"我们看清楚那山脚下的杂草中，确实有五块不高的石碑，其中有两块隐在树丛中，都与公路这边隔着一道沟，我们看不清上面刻的字，但无法走过去辨识。这时又有三位老乡过来，说他们村口一座小庙门边，有一块很大的碑，刻有那些人的名字和事迹，是村委会建的。我们过去看，那石碑赫然立着。碑有点磨损，不过内容大多能够看清。上方横刻"流芳千古"四个大字，下面竖刻略小的字："革命烈士纪念碑"。碑文为："在抗战和解放战争时期在太行老区工作的五名干部牺牲，（以下数字不清，另起一行）他们无尚光荣。我村干群为弘扬先烈，激励后代，故而刻石：王泉礼同志，山西泮山县人，在边府财政厅工作，二十三岁。瞿坚白同志，江苏省人，革命先烈瞿秋白之弟，在边府教育厅（以下数字不清）。凌尔寿同志，山西省人，边区教育厅工作，任督学，三十七岁。顾英俊同志，河北省人，在冀南地区工作，三十六岁。陈守仁同志，甘肃省人，十七岁参加红军，在本县工作，二十一岁。我村烈士名列于下（下面是张金科、张小生、陈香和等十五个人的名字）"。最后落款为："车谷村委会公元一九九二年十二月十五日"。我们看完碑文，对车谷村和整个太行老区农民顿生敬意，这里的人民群众长期在共产党领导下战斗，与八路军共生死，对党和革命的感情是很深的，一直未变。我们深受教育，此时已不只是对瞿坚白烈士的追念了。当然，我们也很感谢车谷村村民对瞿坚白等烈士的遗体和遗迹的保护。我们走回面包车准备离开时，已近黄昏，几缕金黄色的阳光斜斜地照在公路下方山脚下的几块石碑上，我们心里一动，觉得好像烈士的英灵和我们互相道别。

　　13 日，我应我华东师大一位老同学的年轻同事、河北工程学院组织部长的邀请，到他在涉县蹲点"包村"的赤岸村去参观访问。赤岸村是抗战时期八路军 129 师师部旧址所在地。129 师为抗日战争的胜利作出了重大贡献,并在抗战时期迅速发展壮大。部队由出师抗战时的 8000 人发展到 30 万人,成为解放战争时期中国人民解放军晋冀鲁豫野战军的基础。师长刘伯承、政委邓小平在涉县人民中有极高威望。我们一行四人得此机会,欣然前往。我更有亲切感。当年通知我母亲坚白舅舅已经牺牲的信,落款"第二野战军政治部",第二野战军就是由抗日战争时期的晋冀鲁豫边区八路军和地方武装组建和发展起来的。我们参观了 129 师师部办公处室,看了刘伯承师长、邓小平政委与一般民舍无异的住所。遥想当年,感慨万千。我们今天的和平昌盛,来之不易。要珍惜,要保卫,要发展。下午,适逢由全国政协副主席卢展工带领的政协教科文卫体委员会考察公共文化建设暨送文化下基层,来涉县演出,我们受邀观看。有很多文艺团体的著名艺术家,如宋祖英、阎维文、霍勇等登台演出,表演精彩,并一再向老区人民殷殷致意,观众报以热烈的掌声,呈现一派升平气象,很令我们振奋。

　　我们夫妇很感谢瞿秋白纪念馆时立群馆长和小宫陪同我们寻访,我年老体衰,没有她们一路关照和担当许多具体任务,这次寻访和祭奠活动,不会如此圆满。

辑
五

人性的探索

关于《我的财富在澳洲》的通信

观德：

　　《我的财富在澳洲》，我在你送来杂志的第二天下午就一口气看完了。

　　你过去的小说我也看过，例如你去澳大利亚在《文汇月刊》上发表过一篇似是写一个小裁缝的短篇，觉得语言板滞，人物跳不出来不能留下深的印象。现在你好像换了一个人。你随意挥洒，笔墨酣畅，灵动而又质朴，还有那么多幽默——含着苦涩的幽默，妙语连珠。我好像能想到你写作时文思泉涌的愉快。这是什么原因？我由此更加固了我的老观念，那就是生活是泉源。你在澳洲的丰富的艰辛的经历和体验，把你潜藏的才情激发释放出来了，甚至使得行文流畅，辞藻丰美，如汩汩的泉水流淌。文学语言的驾驭仿佛只属于技巧，其实也被生活，被真情所支配、所派生。

　　这篇小说吸引我的，当然决不只是语言和风格。我还很赞赏其中自然蕴藏着的哲理，以及种种深切的又带着原色原味的人生体验。我几年来由于忙于杂务，小说看得不多。但就我看过的一些而言，我觉得有的作家可能受到一些西方哲学的影响，喜欢表达一种哲理，比如爱的伟力，性的意识无处不在和人的孤独等等，但很生硬、单一，在那些作品里看不到复杂变化的人生和人的性格，只有那某一观念，像在一碗清浅的水里的一个发光体，希望让人注意，有点主题先行的味道，或者为理而造文，且不说那个"理"对不对。还有一些小说通篇是看不懂的内心体验，扑朔迷离，深奥莫测，有的好像有无限的痛苦、焦灼、迷惘之类，但我即使看懂了，也体验不了他的体验，有时只觉得他在做作。而你不刻意炫耀哲理，我却悟到许许多多我心中曾有但不能明白说出来的真理，和微细的不易捕捉的人生真谛。比如那个朝鲜老板娘是一个多么真实而在我看来又是多么畸形的人物啊，她可以说是能干的、温柔的女人和母亲，但为了钱又那么苛刻对待你。雇工对于她只是尽少保养、付出，尽多榨取的牛马、工具。我十分深切地看到了,对钱财的贪婪扭曲了人,异化了人的本质。正如你所说,人和钱的关系像人与电的关系差不多,正常的人一旦摸上了电,就是畸形的人了(大意)。又比如说你在经济压力下,在那样的社会里,对于自己的位置,是没有选择可言的。你的生存方式,如果你没有足够的自主性的话,还要包括你的人格,就像不同形状的器皿中的水一样,容器圆你也圆,容器扁你也扁。你亲历的无数可怪可叹可笑的事实,使这些朴素的话有真理般的力量,使人难忘。你在逆境中的痛苦感受也是真实的痛苦,像鞭子抽在身上热辣辣地疼痛,心上留下创伤,而不是对一种似痛非痛的感觉而加以夸大、渲染。这样来描写内心体验,是能使读者获得对生活的认识的。

说到对生活的认识,就搞文学的人来说,主要是通过对人的认识。文学的作用究竟是什么?人为什么要读文学作品?我们可以说出很多。但我认为,主要的就是一条,就是认识人自己。你这篇小说可以称之为纪实小说(从方法上说),可以归属于留学生文学(从题材上说),它的吸引力可能也有描写异国风物社会情状方面的原因。但如果只是纪实方法的成功,题材上的新鲜,所说的故事生动真实,也难以对社会产生大的影响。你的成功主要在于写出了一个活生生的你,你十分坦率、细腻而又深入地展示了你的一切喜怒哀乐,你把整个心灵袒露出来,而你曾历经磨难,有着与中青年知识分子相似的经历、心态和品格,从而让读者在你身上看到了自己,看到人在什么样的境遇中会有什么样的心态和变化。“境遇”不是读者关注的焦点,焦点是人的心灵。澳洲是奇异的,人更奇异。对澳洲的了解或到一定程度会使人满足,对人的了解是没有穷尽的。好的文学作品就是能使读者在对人的无穷尽的认识中前进一步。你这篇小说就是这样的好作品。

王铁仙　七月七日

王老师您好:

从澳洲回来我就动笔写《我的财富在澳洲》。这是我开始尝试的第一部长篇小说。按一般的规律应该好好作一番案头准备立意、构思、谋篇布局、人物设计、故事营造等等,然后是写作提纲,粗略的,详细的……可是我没有在纸上落下一个字就动笔了。我似乎觉得这一切都是多余的,我的澳洲故事本身就有很好的立意,我的经历款款道来就是最自然的谋篇布局,就是故事发生发展的全过程,而所有的人物也都真实得像我自己一样,只需把他们白描出来。至少在写作过程中连我在国外的日记都没有翻阅过。我一提起笔来，那些故事、人物、思想、感情，以及好多生动的细节就争先恐后地冒出来，不仅如此，我还有一种感觉，觉得自己的一生阅历都活了，纷纷要争着出来表现一番。它们和在国外的体验自然地融为一体，来增添我作品的广度和深度。我写得并不费力甚至有些轻松，当然感情是沉重和激动的，写着写着，回想起当时的情景就抑制不住心里一酸，流下泪来。在澳洲的时候我曾在信中对我妻子说："回国写作的时候我一定会流很多泪，一面流泪一面写出我最好的作品，因为我是全身心地投入了，我是在用我的血和生命在写我的作品……"

《财富》原本只想写十七八万字就打住，岂知写到这个篇幅才猛然发现我所要倾诉的故事才只是开了个头，于是不得不决定把它扩展成三部曲，而且有可能更大，成为一个多部的长篇系列。我不想以此谋取稿费，我确实感到自己有许许多多的真情实感要倾诉。我是个才气平平的作家。可是却从来没有这样充满过自信。为什么会这样？我常常自问，又常常想起我们的文学前辈巴金先生的话。当有人问及写作技巧时，巴老曾经说他"无技巧"。于是注释者蜂起。有说这是巴老的谦虚，有说巴老的无技巧就是最高的技巧，大智若愚，大巧若拙……说实话，从前我对巴老的话是迷惑不解的，以为这是智者难为凡人所理解的高深，可现在巴老的意思我似乎有点儿明白了。我深深感到自己的文学功力不足，之所以能获得这样的成功，完全要归功于这段生活，而我成功的主观因素仅仅只是我为自己创造了这段生活……

王老师，读了您的信我心里充满了对母校的感激之情。《财富》发表以后，徐中玉先生、钱谷融先生、黄源深先生等母校的好多老师都给予了非常热情和中肯的指导。在那天系里的校庆会上我曾经说：现在有些生产单位经营作风很成问题，利润第一，不顾质量，更有产品出门即不认账者，如有保修三年，便要被树为楷模，褒奖如云。而我们的母校却对自己的产品极端负责，不仅四年生产期里保质保量，竭尽全力，而且出了校门也一样热情主动，实行终生保修……老师和同学们都笑了。是的，我确实注意到，虽然我们毕业已经十年了，母校却依然深情地注视着我们，送我们一路远行。

学生刘观德九二元旦

贵族精神与平民意识

　　近日看到一篇《贵族情调》，文章十分赞赏"精神上的贵族"，说"中国早已没有叫做'贵族'的东西了，甚而至于连'高贵'也一并消失了。一个社会连'高贵'都不存在了，这实在是叫人感到荒芜的事情"。我理解这篇文章的本意在于针砭现在某种低俗的世风，赞美高贵的品质、高尚的精神，这我完全拥护。但文章把贵族与"高贵"紧紧联系在一起，把贵族精神当作高尚精神的同义语，加以称扬，对这一点，我却觉得如骨鲠在喉，不吐不快。

　　称颂贵族，肯定贵族精神，把"精神贵族"作为正面人物来推崇，现在不在少数，并且非至一日，以致说某个人"很贵族"，好像是对这个人的高度赞美。这使我有点奇怪。我们大家的祖上应多为平民吧，或者还曾处于底层，为什么会仰慕贵族这个过去高踞于社会顶层、曾给我们的先人带来过许多痛苦的统治者，会赞赏他们的"精神"和"情调"呢？这也许是因为贵族早已没落，如今时过境迁，人们淡忘了他们的种种恶行和罪孽，只对他们的表象，那种雍容华贵的气派，庄严、优雅的举止，留下印象，好像他们就是超凡脱俗、圣洁高尚的。当然，贵族中有过杰出的人物，但作为一个阶层，它的"精神"特征，是高傲，虚伪，冷酷。他们的绝大多数，傲视平民，甚至"不把人当人"；在内部，则背地里钩心斗角，互相倾轧，嫉恨诅咒。这些都有许多史料可证，无论中外。我们不妨想一想大家熟悉的《红楼梦》里的许多描写吧，因为《红楼梦》对清代贵族生活的描写是很真实的。在那里，主子对奴才的生命视若草芥，任意作践；自己的窝里"爬灰的爬灰，养小叔子的养小叔子"，道德败坏；相互间则"一个个不像乌眼鸡似的？恨不得你吃了我，我吃了你！"以至于一个头脑清楚的旁观者说，这府第，"除了那两个石头狮子干净，只怕连猫儿狗儿都不干净"。这样的贵族的"精神"，有什么可称赏的呢？

　　现代以来，正是很多出身于贵族家族和近于贵族（封建"士大夫"阶层）家族的知识分子和革命者,对贵族及其"精神"甚为反感,时时加以否定,这是因为他们原在其中,对内里看得较为分明的缘故。他们因此也厌恶"贵族"派头,欣赏平民意识。他们平等待人,尊重所有普通的人,认为这才是高尚品格。他们中间有的对社会作出了卓越的贡献,也不以"精英"自居,自视特殊,而认为那是虚浮的表现,低级的趣味。《贵族情调》开头提到的启功先生,正是不乐意别人记住他的"贵族"血统,也不以精英自居,十分质朴、谦和的。这篇文章具体描述的卢梭,则本出自平民,历经磨难,而特立独行,确有点超凡脱俗之慨。但他身上的根本精神,是平民精神。他在《论人类不平等的起源和基础》等著作里,激烈批判封建专制和暴政,主张人应生而自由、平等,并一再称赞劳动民众的朴实自然,那还是十八世纪,贵族风头尚盛的时候。文章最后涉及华伦夫人收留卢梭一事,最早见于《忏悔录》。而卢梭在《忏悔录》里,以很大的篇幅叙述自己一生受到的粗暴待遇,同时对卑微的平民倾注了深切的同情。正是一种强烈的平等观念和伟大的平民精神,使卢梭对世界历史产生了深远的影响。

卢梭之后的十九世纪,贵族虽还未消失,平民意识已开始高扬,并渐成潮流。到二十世纪,世界成了"庶民的世界",他们在群体性的斗争和平凡的劳作里建功立业,在质朴的言行中透出高尚,风采熠熠。当然平民中不乏品质不"高贵"的人,但时至今日,广大平民实在不该再自惭形秽,不必到昔日的贵族中去寻找榜样,吸取"营养",讨得荣光。

内心生活

　　周佩红把自己这本散文集子题作《内心生活》,她的一位老同学认为这书名太普通了,周佩红却不想改。我是赞同她的。我以为在追求物质生活成为普遍存在、不少人物欲炽张的今天,实在十分需要让人知道拥有自己的内心生活、懂得精神的价值,是多么重要。这个书名出现在今天的书店里,我想恰恰可能显得有点特别,会引人注目的,尤其是对于那些仍然在追求人生意义的人们。

　　不过周佩红并不是想要引人注目。她只是贴切地概括了自己近七十篇散文的实际内容。几天来,我随着她那善感女性的细致的笔触,沉静、舒缓的描叙,读完了书稿。确实,她是沉浸在自己的内心生活之中。这许多文字,不论写什么,也不论是否是抒情散文,本质上都是她内心生活的记录。正如她自己说过的,她的写作,实际上是"和自己交谈",在倾听自己的心的声音。她细心观察、深切描述一个个场景、故事,不过是和自己交谈的一种方式和过程,背后都藏着她的"心灵生活"。即使在那些类似游记的散文里,她以出色的艺术才能写出充满光影、色彩、气息、声音的山川风物,也主要是为了审视、倾听它们在自己内心激起的涟漪和回响。因而这数十篇散文合在一起,就清楚展现了她的内心世界。

　　这是一片清明的世界。这个世界执著地要求洁净,再洁净,甚至"纯净",不肯接纳一点污秽;它也不要平庸,不要虚假,因为平庸和虚假对于心灵也是污秽。真做得到"纯净"吗? 周佩红说,也许难,但应该做到,"生活中有些东西是不可苟且的"。在周佩红看来不可苟且的最主要东西,是"日益强大的物质的压迫",因为它会压垮、贬低人的精神及其价值。在这一压迫下形成的自私、矫情、对爱的冷漠等等,以及其他一切违逆健全人性的东西,都应该拒斥。你看"赤裸裸地赚钱"的暴发户的嘴脸,沾沾自喜于一点点小实惠的小市民习气,自认"优雅",其实只知追逐时尚趣味的"贵族化"派头,多么令人鄙弃,厌憎,或令人觉得可笑。她的这种出自内心的拒斥真是难以抑制的。另一方面,她的内心世界又不断接受着、吸收着一些优秀知识分子身上洁净明澈的人文精神。她由衷倾慕身在建筑公司、生活清苦、却孜孜矻矻写作关于历史人物鲍罗廷的专著并且倾其所有自费出版的知识中年丁,几十年中不论世事如何变幻、一直醉心于购求、研究青铜器而于名利一无所求的收藏家李荫轩,还有她眼中的台湾作家三毛,她的那种"穿朴素宽松的布衣,平跟鞋,吃清淡的食物,不与人过分热络交往,以求身心清畅自然"的风采。这些人是寂寞的,但他们在真正的学术文化研究中,在孤独的异地漂泊中,一定是领悟到某种永恒的东西或人生的真谛,享受到身心的自由、宁静,感受到人生的意义。周佩红清明的内心生活,在这样的一方面拒斥一方面接受中,得到了保护、充实和拓展,而这种拒斥和接受是自觉的,运用着文学写作的方式。

洁净明澈的优秀人物及其精神的完整呈现,是甚难遇见的。因为斑驳芜杂是世界的本相,或如周佩红所说的那样,生活就是"一个混合了多种属性和质地的集合体",洁净的、美的东西只能从中寻找。这就是为什么她要通过对外部生活的仔细观察、深入描写来不断寻找的缘故。那么,在什么地方比较容易找到洁净的、美的东西呢?顺着她寻找的心路,我们可以发现,在她看来,那是在种种"自然"、"本色"和"真实"的境界里。"自然",包括远离城市尘嚣的大自然:山川、草原、海洋,和一切较少受到人的物欲、肉欲、名位权力欲污染的人、地、精神、意识;"本色",就是接近自然的事物;"真实"则是出于人的自然的、基本的、健康的要求而使人感到稳定实在的东西(在周佩红那里,主要是指一种感觉和情感)。例如,周佩红初到济南所看到的,就是"自然"和"本色":"街头摆了些小摊,卖青菜萝卜豆腐,地上没有烂菜皮,摊贩也不叫卖。更主要的是摊头并不密集,零散在简陋而洁净的街上,倒像是深冬内陆城市的一种点缀。让人想象那一排排灰楼里的生活格调,也是那样简单,朴素,不为物质所累。"接下去,还有"宁静",这个城市夜晚的宁静。另外,古旧的成都,更使她喜爱。装修不讲究的饭馆,"普普通通的鱼,肉,豆腐,茄子,豇豆,味儿再浓烈也还是家常本色,并没有梗着脖子硬充大家闺秀的意思"的菜肴,乡土气的店铺、茶馆,以至当地人说的方言,都是自然的,本色的,并且是使她感到"真实和深厚"的东西。以至最后这个并非她故乡的地方,竟勾起她"一种血缘似的让人依恋的温情",使她好像找到了自己精神的家园。相反,在香港这座现代化的商业城市,她觉得到处是"稀薄的非自然的空气","五光十色的物质汇成的洪流","俱是虚幻"。整个香港好像是漂泊不定的岛,而且在它上面也找不到一块坚实的陆地。甚至矗立在她上海工作地附近的豪华宾馆,也给她一种"非现实感"和物质形式造成的压迫感,觉得它"粉碎"了行人可能有的"轻灵洁白的梦"。总而言之,在她看来,自然、本色和真实的东西,是比较洁净的,美的;而之所以会洁净和美,就是因为它们与高度发展的现代物质生活氛围离得较远的缘故。

显然,周佩红认为,自然质朴的生活使人的心灵洁净、充实,而对物质的贪欲和恋慕会污染或空乏人的心灵,物质的富有和华丽会造成精神的空虚和污糟。反之,人如果追求精神生活的丰富和高远,则总是淡泊于物质和形式。这种看法对吗? 也许,人们会说,拥有富裕物质生活的人,同样可以拥有丰富、洁净、人性化的内心生活,两者可以一致。但恐怕不仅是她,这样的人我们目前确实看到太少。我们现在看得多的,确实是那些热衷于追求物质生活的"优质"与享受的人们,忘记了心灵的需要,或者干脆不知内心生活为何物。他们当然也知道人有内心活动,但一说到内心活动,他们马上想到的是盘算、逢迎、机巧甚至欺瞒之类。这种种工于心计,实际上是他们心目中人的内心生活的全部。他们的精神确实是空虚的。当然,如果谁懂得人生的意义,并善作调节,物质富有未必产生精神空虚。但是要懂得人生的意义,又必须先拥有丰富的、清明的内心生活才能做到。因此说到底,人如果首先或者偏于追求物质生活的优越,就必然造成精神的贫乏、内心的空虚,最终会使人不成其为人,人的活动成了动物性的活动,人的生命实际上停止了,人的存在成了动物性的存在,因为动物正是没有内心生活的。这用周佩红的话来说是:人没有了追求人生意义的内心生活,就失去了"活下去的唯一理由"。因而,在她的散文里多次出现了"支撑生命"的话语。她说,"我们指望用什么来支撑生命呢?"内心生活的"意义"就"在于支撑你的生命",等等。面对这种强调,我们可能想对她说,必要的物质生活也是人的生命的支撑。但我们立刻会意识到,她是在我们的绝大多数人们已经获得温饱并逐渐走向"小康"的今天提出和回答这个问题的。在今天,这样的提问和回答是严肃的,正确的,并且是这本书里最值得注意的警策之言。确确实实,随着经济的进一步发展,现代"物质文明"五光十色的洪流汹涌,在其刺激下人们的外在欲求不断张大,如果不同时重视社会主义精神文明建设,人们没有精神上的自觉追求,那么真会沦为一种动物性的存在。这不是杞忧。

周佩红在"与自己的交谈"中,还多次自问:"我也许在期待什么。什么呢?"带着一点恍惚,一丝迷惘。其实她就是在期待人人都拥有美好的、洁净的内心生活,并且期待这种景象成为永恒。她说,"爱能够涤除虚伪、罪恶和淫荡,爱是这个世界上最珍贵的证明";"混杂的终会变得清楚,我将耐心等待时间之水退去后的结果"。这是一种"美的期待"。但是她有时又觉得这种"美的期待"恐怕只能在"想象"中出现,而不会实现。

她的这种恍惚和迷惘是可以分析的。从动物进化而来的人类不停地前进着,但又确实永远不可能整个地臻于纯净。混杂永远是世界的本相,而它正是人性的寓所。永恒的美、洁净和崇高肯定是存在的,但恰恰总是出现于瞬间,一闪而过。当然这并不是说不要去追求。我非常欣赏周佩红关于人性光明前景的坚定的信念,以及她在日常生活中时时追索、捕捉永恒的那种努力。因为我们虽然不能达到人类的美的至境,但这种信念和努力会使我们不断地接近它,同时也使我们不断地离开动物界,离得远一点,更远一点。这也就是"美"的境界了。也就是说,"美的期待"不会落空,我们能期待到这可以达到的美,我们必须不停地前进,但我们同时可以为此感到欣慰。

"美的期待"是周佩红更深层的内心生活。她在探索、保护、拓展自己清明的内心世界时,总有这种期待在前,这是她内心世界中更深的一重风景。这本集子里的散文,不论写什么和如何写,都映照出她的这两重内心风景,都浸润着她的这种情感和愿望,并带着全部的光影和色彩。严格地说,她的这些散文,没有哪一篇是对外部生活的平实的、客观的描述,包括那篇题为《外部生活》的文章在内。读着这本书稿,我不由得常常想到黑格尔的那一段话:"艺术作品中形成内容核心的毕竟不是这些题材本身,而是艺术家主体方面的构思和创作加工所灌注的生气和灵魂,是反映在作品里的艺术家的心灵,这个心灵所提供的不仅是外在事物的复写,而且是它自己和它的内心生活。"我认为这段话确立了真正的艺术作品的标准,指出了真正的作家、艺术家是怎样创作的。执著于探索内心深处并且总是在期待人性美的前景的周佩红,无意中走上了真正的作家的道路。因为这种探索和期待本来是、也一直是她创作的动力。

周佩红的期待中,除了希望出现人性的美的前景外,还有另一种有点朦胧的、却也更深长的期待。她为什么那么执著地、深入地探索自己的内心? 那么仔细倾听外物在她心里撞击出来的声音? 那么反复地"与自己交谈"? 在《拥挤和独处》里,她一时感悟到人的孤独的可怕,另一时又觉得拥挤在人群中的难以忍受。《碎石》里,她刚刚赞美"满目宁静唯有阳光空气草木流水的世界,是生命的至境",不久又觉得这种"清寂和宁静,对我形成奇异的压迫"。她老在问自己:我为什么有这样的感受呢? 我究竟要求什么呢? 这种内心生活,并不是一种对自己清明心境的保护、拓展,而是对一般人性的哲理性的思考,是在研究一般人性的状态。希望自己最终能够清楚地认识人性,了解人性。这就是她的另一种期待。我发现,周佩红散文里最多出现的概括性语句,一是"支撑生命",一是"美的期待",再就是"检索人性的密码"了,即探究人性的秘密。通过与自己交谈,深入自己的内心,反复诘问,来"检索人性的密码",是可以的,因为"我"是人类中的一个。但既要"检索人性的密码",还应该去深入别人的内心。因此,她虽然深感"很难深入到另一个生命中去",深感"真正关乎人心的内容永远被生活的轨迹所掩埋",还是努力去接近,去思索,去发掘,去以心发现心。她注意和她同住一座高楼的三名女子。无笑的、静默的离婚妇人看人的审视眼光,气质犹在而邋遢慵懒的教授夫人有时在室内高声叫骂,慈眉善目、似乎心情快乐的胖老太太夜半的哭泣,给她一种神秘感,久久回旋在她心里。一家简陋嘈杂的酒家里不相识的服务小姐和厨工寄来一篇稿子,文笔幼稚却真实地写出她(或他)心底深处的痛苦迷恋,则使她欣喜于发现在"看上去不可忍受的地方,仍然有可能有宝贵的东西秘密存在",仿佛获得了一点关于人性问题的答案。对于熟识的表姐家和,和一位因癌症而慢慢死去的女友,她更花很多篇幅去回忆、描写,借以思索。家和有点粗相却天性爱画油画,她出身富裕而吵闹不宁的家庭,经历"文革"灾难,住入棚户,嫁了粗暴的毫无情趣可言的丈夫,最后当了一名烟厂普通工人,身心也好像融入了那个琐屑平庸的生活圈子。患癌症的女友躺在散发着死亡气息的病床上,那么冷静、沉默,还不失温婉,对于情人的不来看望都不说什么话。不能说周佩红一点不了解她们的人生变故,神情意态后面的内心,但她在描述中仍满是研究的探询,而不愿遽下判断:"她肯定还有许多我不知道而她也不想说的生活,感受,细节。对于真实,我们从来只能接近它,不可到达它。"人性的幽深和个体人性的特异,它在改变着的外部环境的刺激下的波澜、震颤,实在是追索不尽的,也是常常出人(包括其本人)意外的。但周佩红仍热切地期待有一天能够看清人性的真实,把握人性的秘密,这也是一个作家所当有的宝贵的精神。其实,这一种期待,与前述那种"美的期待",还是结合在一起的,分不开的。探索人性的秘密,在一个作家那里,就是为了提取、留住那些美的、光亮的东西,并使之扩充,伸展,从而改善人,提高人,超越人自己。周佩红还不就是如此?她连对使用电脑写稿写信都怀着矛盾的心情,最终是害怕电脑字会失落亲切的人性化的东西。再说在那篇写患病女友的作品里,她同时也一直试图探寻女友的情人的极为冷漠的心,他最后连追悼会都不到场。而"我","我多么希望,他是出现过的,只不过无比的哀痛改变了他的面容,以致我认不出他来。啊,我多么希望!"这就是我说的前一种期待,也就是对人性应有的洁净和美的痛苦而热切的呼唤。而一次在火车车厢里,不过偶然看到一对情侣"对视的神情里,一种匆促而永恒的东西闪射开来",却很使她感动,她祝愿这种东西不被人们所丢失,不为时间所丢失。这些人性的探索和伴随着人性的探索的美的期待,究其实质,就是人道主义精神的体现,而人道主义,正是文学的灵魂,是真正的文学作品所不可或缺的永恒的灵魂。

什么是人道主义？人道主义的基本精神就是对人的关切，对人的世界中心地位的肯定，从而努力去认识和理解人性。在这基础上，人道主义者怀抱世界和人性，总是走向光明的信念，要求不断改善人，提高人，提高人的精神境界，使之尽可能地摆脱来自动物界的兽性，创造出尽可能美好、圆满的人性。这可能只是一个理想，但真正的作家总是怀抱着这种理想进行写作，有没有这个理想对于作家来说是大不一样的。周佩红的散文激发了我原本萦绕于心的关于作家职责、文学目标的思考，使之更清晰了一点。文学的目标首先是表现人性。衡量文学作品真假优劣的尺度是看它是否发掘、展示人性，并达到什么深度。能达到什么深度，则取决于作家是否写出个体人的具体人性，在什么样的社会、自然环境及其历史承传、积淀的影响和制约下，形成和发生变化。在这个过程中，也一定反映出人们所处的社会现实。同时，优秀的作品，还总在对个人的生动刻画中，显露出某种带有普遍性、永恒性的人性来。而在发掘和表现这一切时，作家始终怀着上述那种人道主义的精神，或称人道主义的理想。在具体的文学作品里，这种人道主义精神还可表现为对人的弱点的理解，对人性中带有的兽性的丑恶、阴暗东西的针砭，对人的命运的美好的祝愿，对人生中无法克服的缺憾的婉叹，等等。不过最根本的，总是努力去理解、展现人性和表现出关于人性光明前景的热烈的、深沉的、坚定的信念。至于对社会现实的反映，是一个自然的过程，作家在理解、展示人性时，通过心灵的折射，一定会留下社会现实的面影。正因为这样，所以我们说人道主义是文学的灵魂，文学的本质。前引黑格尔的那段话，实际上不也指出了文学的人道主义性质吗？即对人性的深入展现，只不过他侧重于从创作主体方面阐述而已。我要说，古今中外有一些被称为文学作品的文字，或矜夸才学，或为具体的社会问题强作答案，或基于对世界的意义、人的精神价值的否定，而进行语言智力游戏，或者致力于形式如叙事策略之类的探索，等等，它们可能都有其存在的理由，可能受到过或正在受到人们的赞赏，但它们实际上不是文学，而是其他某些范畴里的文献。周佩红的散文，按我的看法，则都属于真正的文学作品，有的还是优秀之作。她有人道主义的情怀和探索人性的热情。当然，周佩红在自己的文学事业里，还有许多事情要做。她还需要去了解更多的人，包括缺乏文化气质或给人以平庸印象（印象是不可靠的）的人，也看看他们的内心；还需要对人性作更深广的发掘，更充分显示人性的复杂和某种广阔，揭示或暗示出更能让人深长思之的人性秘密来。

　　周佩红散文的人道主义内容、性质及其个人特点，使她的散文形成一种清深的风格和忧郁的抒情色调。清明的内心生活的真实传达自然使其"清"，如清冽澄明的水，但同时并不就是浅。明代袁中道说:"心灵无涯,搜之愈出",周佩红的内心就如有无穷的思绪和情感,"搜之愈出",储满一个深潭。这根本原因在于天性和后来的所思所感的深沉,同时也由于她能用多种艺术方法来"搜"。《霹雳无声》《漂浮岛》等篇,虚构和实景糅合,时间和空间交错,多么深厚地、浓重地又自然地表达出她的人生情怀。而且她的"搜",如前所述,基本的办法是通过实实在在的生活场景和故事的描述,来倾听自己心灵的响动,并不脱离现实人生,并不只在内心打转,玩味自我。因此我们可以发现,作为一个女性又是长于抒发个人感情的作家,她的文字既没有流于纤巧,也不显得空灵,更与浅薄无缘。因此我们唯有用"清深"两个字来说明它的风格,或者,再须说还带一点"厚重"。在这清深又略带厚重的风格里,还始终流动着一种忧郁伤感的调子,而很少欢快的声音和色彩。读一读她的《无名街角》《焚烧的落叶》吧,你一定会深深感受到一种淡淡的但无处不在的忧郁和伤感。什么原因会出现这样的调子? 究其根本,与那种试图把握美好人性的人道主义的精神内容有关。美,尤其是美的精神性的东西,是容易失落、消逝的。美、可爱,可感而易逝,难以把握,难以留驻,因而描写它时,就生伤感,凝成忧郁。从更广大的范围来说,人道主义是一种美好的情感、精神和理想,社会人生中不能没有人道主义,但它又不能解决实际的具体的现实问题,以人道主义为本质的文学也是如此,因而体现人道主义本质的文学作品,就常常会形成忧郁伤感的色调。古往今来,许多优秀之作都可作为例证。

不要无所畏惧

　　近年来看报看网上消息，加上亲身耳闻目睹，越来越觉得现在真有那么多人敢作敢为，无所畏惧，什么都不在乎，什么都敢做。马加爵因为一句话不中听，手起锤落，三天里砸死四个同学。全国多个厂家、经销商为了一点利润，大批生产蛋白质等营养素远低于标准的"空壳奶粉"，致使阜阳一地就有近 20 名婴儿夭折、171 名幼儿头大脚小身体浮肿，令父母心碎，公众愤怒。还有几年来许多无证小煤矿只顾"赚大钱"，不讲安全生产，其中山西某矿"'黑心'矿长不仅违法经营，而且事故后久久隐瞒实情不报，使20 多条生命无望生还"，而"权力，为小煤矿撑起一把保护伞"！再往早一点说，河北有个叫"霸州"的地方，一名小小的派出所副所长开车，只因为有一介平民"不让路"，跨下车就是一枪，打死没商量。凡此种种，大大小小，实在无法尽言。我的一位友人这类信息较多，说起来义愤填膺，同时又无奈地长叹一声，说大家对这些已到了见怪不怪的地步了。

　　为什么这些人会这样为所欲为，肆无忌惮，作恶而没有一点畏惧之心？什么原因？什么地方出了毛病？

　　我们改革开放以来，学了外国许多先进的体制、观念，但有一个重要的好东西没有学到，那就是强烈的、牢固的法制观念。法律、条例、规则是逐渐在健全着的。但这些必须遵守，否则要受惩罚；法规神圣，一定要敬畏，乃至惧怕，它们决非儿戏。这种观念，却远未深入人心。因而有的人为官多年，竟还是"法盲"，要直到犯事进了牢房才开始有点明白。更多的人面对几乎天天碰到的、并不复杂的交通规则，也不肯遵守，勇敢而灵活地穿行于快车道，不想一想会不会葬身轮下却仍然负有责任。什么原因？"无知者无畏"，缺乏强化宣传和严厉措施，使人无知或虽知而未到生畏的程度。相比之下，对于自然生态，很多年来由于国内外许多科学家、哲学家反复警告和我们实行了

"严刑峻法"，使大多数人知道要防止大气和水流污染、不许滥杀野生动物、禁止砍伐森林践踏城市绿地，以至"敬畏自然"，"自然界有自身的价值"、"是我们人类的朋友"等等都成为许多人耳熟能详的格言。这是多么可喜的现象。什么时候，对于社会秩序及其法律保证，也能经过强化宣传和严厉措施，让人们能像说"珍重生命"、"敬畏自然"那样地脱口而出并且确实心存敬畏呢？据有的研究中国哲学的学者说，孔子的"畏天命"中的"天命"，有时也称"天道"，主要是指自然天地的规律，那么，我们不妨用这本民族的话语，更简洁地说要"畏天道"，对后者呢，则不妨说要"畏人道"。"人道"，就是社会的基本法度，为人的基本道德。对官员来说，还应当畏百姓心里的那杆"秤"，要对百姓存敬畏之心，慎用手中的权力。

无所畏惧之风——在有的人那里是一种"气概"、一种"派头"，在官场、商场吹刮的同时，也相当深入地在文化学术界弥漫。现在新闻媒体具有实行民主监督的功效，但有的媒体自身却无所畏惧，它地位一高，顾虑减少，抓点因由，懒得核实，急于制作"爆料"，以吸引、震动众多读者的眼球和耳膜为乐。学者们呢，有的编书作文，引文没有出处，有悖原意；或有出处而不核对原文，词句错讹；有的说是学术论文，却极少论证，缺乏论据，满纸的"我觉得"、"我以为"、"在我看来"，唯有"气势"逼人，"火花"飞溅。还有整篇地东拼西凑，粗制滥造，弄到个"职称"、"学位"再说。有的干脆抄袭（某报端说的"马博导"即为一例）。干着这些，都是满不在乎，无所畏惧。更有一些专家、学者，因为有了大名或小名，就着手营造一股势力，圈内人互相呼应，互相表扬，看学问似烟云，视真理为虚无。对学问的敬畏之心，荡然无存。

人生在世，是应当有所敬畏的。要有一点对天道、人道、学问之道的敬畏之心，或曰"畏惧意识"。可以说完全没有畏惧意识的人，不是愚妄，就是无赖（如真的实行"我是流氓我怕谁"的信条的人）。这些人常自以为奈何他不得，对他们就要首先"严刑峻法"，再施教育，硬是要他畏惧。对绝大多数人来说，也不能无所畏惧。事实上，正直、高尚的人，都是有所畏惧的人。他们并非怕受惩罚，或怕失去什么私利，而是因为心目中总有一种崇高的东西、神圣的东西觉得动摇不得，那是他自定的人格"底线"，类似宗教感情。找不到或失去了它，会惶恐不安，或产生一种不能承受的精神的空虚和轻飘。我们一些古代前贤，立身行事常怕对不起子孙后代，成为"历史的罪人"；治学作文，则生怕弄错史实，亵渎正义，违逆真理，被后人鄙薄耻笑。记得古人有一副对联道："隐身免留千载笑，成书还待十年闲"，就是这个意思，立身立说，都心存敬畏，一点不肯轻狂、躁急，虽然他明知自己身后看不到可能发生的斥责和祸殃。中国忠诚的共产党人也是如此。他们不是常说办事要经得起历史的检验吗？不是强调"实践是检验真理的标准"吗？也是畏历史、畏真理。"畏"，就是负责，就是服从。

那么难道说革命先烈也是有所畏惧的吗？不错，他们在独夫民贼、反动强权的屠刀前面是无所畏惧的。但是这无所畏惧的后面正是有所畏惧，他们生怕自己的行为影响真理的光辉、革命的前途。先烈夏明翰临刑前写道："砍头不要紧，只要主义真。"他英勇就义的无畏就来自对"主义"的敬畏。瞿秋白在狱中写了《多余的话》，其题记引《诗经》中句"知我者谓我心忧，不知我者谓我何求"，则是忧惧党的前途（他此前四年中目睹王明路线给党带来的祸害，以为此时还未结束），而正是这种忧惧，更促使他要在强敌面前从容赴死，展现无畏，壮我党志气。今天多少真正的改革者也是一样，他们奋力开拓前进，还不是畏惧国家不能发达、民族不能振兴？就是在具体的前进过程中，他们也绝不是只有豪情胆气，在不熟悉的深池、险峰，是如临如履，并非无所畏惧。有所畏惧，才能无所畏惧，才能树立人格，才能成就事业。

农民的风格与自由的个性

摩罗的《西风的竖琴》是一本文学随笔,也是一本思想杂记。集子中许多篇章,尤其是第一辑"讲述底层"中的文字,朴素如"实录",质直、具体地讲述过去江西农村一些底层农民贫困、艰难和屈辱的生态,不用任何含混、虚浮的笔墨遮盖,直逼读者的眼目。同时,在那些质直到显得坚硬的文字里,常常冒出沉重的社会话题和作者独特的提问方式,迸射出他的思想的尖利的芒刺。那些尖锐问题出现得十分自然,发人深思,或至少令人觉得难以回避,而心生波澜。

这首先是因为,作者是"农民的儿子"。"我是农民的儿子",这是作者的身份认同,他认为这也是对自己最真切的认识。他深感自己与农民血脉相连,改变不了,他也不想改变,并以此自诩。他的父母是道地的农民,自身也在农村底层翻滚多年,觉得深知底层农民真实的生活和心态,自信能够说出无切肤之痛的人士说不出的真实、达不到的深度。不记得哪一位外国学者说过:最能洞见社会真实的人是处于下层的人,他们所处的地位使他们能看得清楚;处于上层的人站在高处,则不能。(大意)本书的作者不一定知道这句话,但从这本书里的一些议论来看,他也是这样认为的,所以他为自己是农民的儿子而自傲。当然,他写这样的文字,主要还是他的底层农民的老实秉性和倔犟脾气使他不肯沉默,觉得自己应该写。他那种质直的文字风格、那种有点生硬的说话方式,从本质上说也属于农民尤其是底层农民的风格。

不过作者又不仅仅是一个不愿背弃农民的农民的儿子。他同时还兼有另外两种人的气质:一是中国旧式读书人的耿介,例如像他理解并赞赏的他的江西九江同乡陶渊明那样;一是现代智识者对自由个性和生命尊严的坚执,以及对人生意义的不尽的求索。这些在"言说自我"一辑中有较多表露。他为了守护自己心的洁净,而拒绝一些改变处境的机会,宁可仍然陷在贫困之中。就此而言他近似古代真正的"名士",与时下一面追名逐利一面还要大事张扬自己如何追逐的新式文人很不一样。然而他又不全然是古之名士，只想洁身自好，随遇而安。他具有强烈的现代意识，长期以文学阅读和写作为方式，维护和追求个性自由、生命价值和社会真理，并作为自己的精神安居之所。但有时，他又感到写作并不能自救，不能"在精神上挽救自己的覆亡"，还会"遮蔽了扭曲了内心更多隐秘的东西"。他好像寻找不到什么，他从古往今来的人类中只看到贪欲、掠夺和种种暴力，只看到人性的黑暗和卑劣，他曾经信仰过的文艺复兴直到十九世纪的人文主义和人本主义也开始在心里幻灭，只觉得"无效和无奈"，以致希望从宗教里去寻找精神的出路。他认为自己现在能够建立起来的，只是悲悯意识，是对人类和人生的悲悯情怀。

我以为他太过悲观。他被自身的痛苦经验和体验之网缠绕得过紧。我不是说他应该像他所指斥的思想上的"无赖"那样忘掉或无视那一切，但我认为有时候需要挣脱出来，看一看想一想更广阔的世界、更复杂的事理以及如同长河般奔腾的历史，作更沉静的理论的思辨，让自己开朗一些。宗教确实可以使人获得某种精神上的和谐与生命的支撑，鲁迅在青年时期就说过："伪士当去，迷信可存"，但对于作者这样一向执着于现实的人，想来效果是很有限的。我以为作者是可以开朗起来的，我在《爱婴之家》一文中看到一点他心中的光亮和暖意。虽然在这篇文章里，他仍然为"中国人的精神缺陷"痛心，但他毕竟看到了一些中国人对伤残孩子的救助和关爱，对人的爱心产生某种信念，同时表露出他自己对生命的虔敬之心。他写道："在苍茫的黄昏笼罩大地的时候，面对一个一个无家可归的孩子和老人，面对一个一个流落在冷酷、遗弃、迫害中的孤苦无助的生命，请让这温柔的歌声像教堂里的管风琴声一样，从黄昏深处响起，颤栗着向每个人的心灵深处弥漫。"作者在这里表现出他相信人类的温柔的爱，是能够感动这个不健全的世界的。

在最后"笑看新生"的一辑里，我终于清晰地看到了作者心中明朗的一角，感受到他面对活泼的新生命而生的欢欣，和这种欢欣中散发的柔和与温馨的气息。我因而更明白作者对人的生命的崇敬之心，而这是与对人类和生活的热爱相通的。他并没有绝望。他尽情讴歌小小生命的美妙、可爱和神奇，一点一滴记录下来，满怀欢喜地为他祝福。是的，在这世界上，没有比人的生命更宝贵的东西了，没有比赤子似的孩子更能给人带来希望了。作者崇敬和热爱生命，他就一定有力量继续积极地去探索人类的命运和人生的真正的意义，并在探索中开朗起来。

难见本色

听到陆文夫先生逝世的消息，追念之中，忽然想到他二十多年前的一次谈笑。那时他的《美食家》发表不久，即脍炙人口，以致他本人也被视为美食家。那次我们系几个人在苏州一招待所刚刚吃了早饭，他进来闲谈，有人笑问怎么做菜。他说：如果你不擅此道，不如除少许油、盐之外，什么佐料也别放，只要稍注意掌握火候，把菜的本来味道烧出来，吃起来就是很不错的。还说最好的境界，是在外面飞雪的冬天，弄一只暖锅，咪一杯老酒。众人都觉得他讲得真有道理，发人所未发。我也即刻联想到朱自清的一篇写他儿时与家人冬夜围坐吃白煮豆腐的散文，说那热气腾腾的白煮豆腐的滋味如何难忘。后来我在西餐中吃到连皮烤熟的土豆，也是什么佐料也无，而让我吃出了土豆的"本来味道"，觉得比其他精心烹制的佳肴还好。

"本来味道"，就是本色，凡事都有本色，也就是本有的真实。但在今天，却难见本色。

旅游之风兴盛之后，不知有多少文章和多少口头呼吁，希望不要用人工设施破坏幽美的自然景色，对古迹也要"修旧如旧"，不要描头画角。但大多地方的主事者还是我行我素。沈复在《浮生六记》中对当时的一点人工装点已表示不满："吾苏虎丘之胜，余取后山之千顷云一处，次则剑池而已，余皆半借人工，且为粉脂所污，已失山林本相。""本相"者，本色也。喜爱人工之巧而不知自然之美，绝非审美的进步。昔年法国的凡尔赛宫、佛罗伦萨的老宫等等，极为富丽繁复，然而现在西方的建筑趋向简洁、平易，以简单为美，以自然为美。我到过澳大利亚的一所大学的校园，那里有一片沼泽，长着高高的茅草，破裂的木板横在湿地上，夜阑时可闻虫鸣，野趣益然。主人无意中说到，这其实是有意为之的，这里本来是一块操场似的平整地。俄国人的情趣，也好像和我们不同。我曾在离莫斯科大学一二公里的一个招待所住过几天。招待所周遭和通向莫斯科大学的马路两边,都是或宽或窄的茂盛草地。看见偶或有人大体修剪一下,但保持自然的样子,有点高低不平,近于荒草野地,与我们看惯的整齐、平坦如绿色地毯般的草坪迥异,使人感受到一种蓬勃的生命力,又会联想到意态粗豪的俄罗斯百姓,令人感奋。而我们这里要求看自然本色,为什么那么难呢?

更让人感慨的是为人处世。我们的古人就已说过:"涉世无如本色难。"今天,在市场经济发达而其体制尚不健全之时,更觉其难,真所谓"古已有之,于今为烈"。为人的本色,是不做作。然而市场之道渗透社会的方方面面,使人本身有时也成为商品,处于有形无形的"人才市场"之中。因而于今处处可见作秀之态,并且好像越来越受人青睐,善于作秀已被认为是一种本领了。丢掉本色,对一般的人,有点出于不得已,不适度作秀,就不能把自己"推销"出去,谋到职业。作秀意识最强的,乃是强者、名人。他们台上台下,都能看准"卖点",发惊人之语,作惊人之举,而不顾前后自相矛盾,不怕熟人内心蔑视,只要能一时耸动视听,增加自己的知名度就行。办起事来,则层层涂饰,让人难见"真相"。例如作个工作汇报,填一套项目申请表,总要巧作打扮。有一次我听到一位领导要求:你们递上来的报告,最好是"毛坯",是"白木家具",不要粉饰、油漆。这话说得真好。但愿意实行的,却是很少。因为作秀、涂饰者太多,我不这样做,岂不吃亏? 这样一来,当然就难见本色了。有一首唐诗:"虢国夫人承主恩,平明骑马入宫门。却嫌粉脂污颜色,淡扫蛾眉朝至尊。"我引这首诗,决不是要称赏这骄傲的贵族夫人的举动,虢国夫人的举动其实透着炫耀。但"却嫌粉脂污颜色"这一句,却使我们想到本色的难得,不由得不激赏。

不过,十分自重的人,少个人功利之心的人,还是坚守本色,以本色示人的。就如陆文夫,久处忧患,谈吐中"浸透了人生之悟",但说话平平淡淡,没有听到他特别"讲过什么深刻的哲理"(范小青语),年迈之后,也不硬逼自己写文章。这关键在于他们的资质是美善而不粗陋的,内心是丰盈而不贫弱的。他们有足够的自信,不在乎被人轻视还是重视,不怕找不到自己的位置,都不愿在遮蔽本色、装模作样上下功夫。他们知道,大千世界,岁月骎骎,唯有本色是可以永久的,也是可使自己心安的。就此而言,本色又并不难见。

辑
六

始终如一的启蒙主义

始终如一的启蒙主义、平民情怀和自审意识

　　鲁迅是中国现代文学的奠基人,同时是中国近现代具有最强烈而深刻的现代意识的启蒙主义者。竹内好说得好,鲁迅是以其"不变"的"启蒙者"的精神,"和中国文坛共同摇摆"的,也就是说是与中国现代文学一起"变化"的,"'不断的(!)努力'和'不断的(!)生长'"。确实,鲁迅从不以"导师"自居,大写空洞的"口号理论",来指示中国现代文学发展的道路,或试图规划出它的格局。他同着中国现代文学一起前行,他是在一篇篇的风格独特的小说、杂文和文论(包括许多外国文论和作品的译后附记)里,表达种种具体的看法的,从而体现出他的启蒙主义精神。他的启蒙主义精神,突出地表现为始终如一的对个体自由原则的坚持,以及与此相连的质朴的平民情怀和自审意识。这种启蒙主义既与世界现代性思潮相通,又具有中国特质。它对于中国现代文学的发展具有重要的意义,在今天也是如此。

一

　　1933 年,鲁迅在《我怎么做起小说来》一文里说:"说到'为什么'做小说罢,我仍抱着十多年前的'启蒙主义',以为必须是'为人生',而且要改良这人生。我深恶先前的称小说为'闲书',而且将'为艺术的艺术',看作不过是'消闲'的新式的别号。所以我的取材,多采自病态社会的不幸的人们中,意思是在揭出病苦,引起疗救的注意。"明确表示仍然要坚持他作为新文学家的思想启蒙的责任,不愿放弃。1933 年前后,正是左翼文学运动兴盛之时,左翼文学的主导者们此前就认为已处于无产阶级革命时代,启封建主义之蒙的文学早就应该"死去",社会解放才是现在文学的主题。而这段话表明鲁迅不认同这种观点。鲁迅是赞同无产者的革命并参加了左翼文学运动的,但他把这

个运动看作是要求"人性的解放"的五四文学革命的继续,这一点在他写于翌年的《〈草鞋脚〉(英译中国短篇小说集)小引》一文中说得很清楚,他没有一天认为启蒙已经完成,直到他去世之时。

鲁迅的启蒙的坚韧性来自于他的启蒙主义思想的深刻性。鲁迅的启蒙主义的核心,是与中国封建专制主义和封建群体主义政治伦理制度与意识形态尖锐对立的个人主体性思想,它强调个体自觉意识、自由意志和自由发展的要求,并认为由此能够释放出生命活力,获得民族的振兴和人性的解放。

鲁迅这种个人主体性思想,最早是在日本求学时期,在国内浓厚的民族救亡的社会历史气氛的熏染下产生的。在产生和形成的过程中,鲁迅吸取了当时广为传播的达尔文进化论中的生存斗争观点,还接受了叔本华、尼采等人的"意力主义",以及他的老师、革命派思想家章太炎同样强调个人主观力量的"依自不依他"的哲学观点。虽然鲁迅后来并不完全认同尼采等人具有非理性主义倾向的思想观点,但当时主要因为他们的思想及其表达方式(尤其是尼采的"强力意志"及其表达),符合他在封建主义黑暗、僵死社会现状刺激下而产生的强烈的内心需求,而受到很大的影响,从而使他的个人主体性思想呈现出鲜明的色彩和尖利的锋芒。他在《文化偏至论》一文中反复强调"任个人而排众数"、"重个人"、"发挥自性"、"独立自强"、"张大个人之人格",都是要求重视个人的自由意志,高扬人的精神力量:"尊个性而张精神"。基于这种个人主体性思想,鲁迅又受到拜伦等"摩罗"诗人反抗专制、疾视奴性、战取自由的"争天拒俗"精神的强烈感染而得到强化。鲁迅认为,"尊个性而张精神"是"立人"的关键,也是"立国"的途径,而"人性的解放",则是需要世世代代曲折反复地永远坚持和追求的理想。

西方启蒙主义认为,主体性是现代的原则。它曾贯彻于欧洲文艺复兴、十八世纪启蒙运动等历史事件之中。哈贝马斯说:"现代世界的原则就是主体性的自由","现代的道德概念是以肯定个体的主体自由为前提的",因为人的自我意识内在于主体性之中。而在中国,如梁漱溟所说:西方人的"权利、自由这类观念,不但是中国人心目中从来所没有的,并且是至今看了不得其解的",翻译了《群己权界论》的严复"竟亦说'小己自由尚非急务'的话。且不唯维新派如此,即在中国革命唯一先导的孙中山先生的意见,亦竟相同。他还嫌中国人自由太多,而要打破个人自由,结成坚固团体。这……至少可以证明自由之要求在历史上没有被提出过"。鲁迅的现代性思想的核心,却正是个人的主体自由原则,与西方现代性概念基本相同。

虽然在西方,作为现代性的表征的现代化,发展到后来,产生出种种弊端,贫富差距扩大、生活商品化、自然生态被破坏等等，并且也造成对个性的压抑，但是对于近现代中国，西方的现代性还是具有重大的进步意义。对于西方社会领域的现代性弊端，鲁迅当时在《文化偏至论》《破恶声论》等文批评国内的洋务派、改良派时，已经涉及，认为西方资本主义社会物质文明遮蔽心灵（"质化"、"物质主义"、"物欲来蔽"），"众治文明"、"以众虐独"。但是这些论述，主要是对洋务派、维新派的批评，认为他们只知效法西方"竞言武事"、"制造商估立宪国会"，只重视"器物"和"制度"而不重视人内在的人的精神，张大了资本主义现代化中的弊病，在本国原来的"偏枯"（指蔑视个性）之外再添"新疫"。他主要是强调个人主体自由原则、科学精神对于中国的重要作用，而并不否定西方的现代化即作为社会规划的现代性。面对中国科学技术和经济发展落后、现代化基础薄弱的状况，鲁迅对西方的作为社会规划的现代性是充分肯定的。他在《科学史教篇》等文中一再说明西方一些国家的强大"多缘科学之进步"，认为十七世纪中叶至十八世纪中叶科学精神的高扬，使其"国民风气，因而一新。顾治科学之桀士，……盖仅以知真理为惟一之仪的，扩脑海之波澜，扫学区之荒秽"，这是照耀世界的"人性之光"，而嘲笑印度、中国的"国粹之士"的昏蒙，批评中国维新人士只重视"有形应用学科而又其方术者"，不重视科学精神。到了五四时期，鲁迅更有多篇杂文痛诋社会上普遍存在的鬼神迷信。直到三十年代，他还常肯定性地说到西方人和日本人的科学理性和种种现代意识的表现，与中国的国民性弱点加以比照，而不怕被人误解和攻击。

鲁迅的个人主体性思想观念，明显受到西方现代性思想的影响，然而又并非都是外摄的，并且主要不是外摄的，而植根于中国本土，具有内源性。鲁迅阅读过大量中国历史书籍（包括许多野史和笔记）并进行深刻的反思，同时长久地深切体验周围的现实生活、紧张思考民族的前途，从而对中国的主流意识形态亦即儒家学说形成了一系列的否定性认识。儒家学说中对中国社会影响最大的思想观念，就是封建专制主义和封建群体主义。它们对人性的束缚和扭曲，对人的个性和生命力的压抑，从反面引起鲁迅对人的生命意义的深思。对这种违逆生命自由的意识形态和社会势力的反抗要求，成了鲁迅的主体性观念中最深层的和最牢固的内涵，成了他的主体性观念的最基本的中国特征。

当下，儒家学说很受一些学者的青睐，认为可以消解现代性的弊端，解决现代化带来的问题，甚至可以用来"拯救"现代社会。然而鲁迅是在整体上否定儒家学说的。儒家学说中的专制主义思想，是一种严密的宗法等级思想，它以君主为至尊、以"三纲"

"五常"为礼教秩序，以及一套为之服务的仁、义、礼、智、信的道德观念。鲁迅尖锐指出在这种思想和制度里，人被分出上下贵贱的许多差别，"一级一级的制驭着，不能动弹，也不想动弹"，失去了个体价值和主体性；鲁迅借小说《狂人日记》"暴露家族制度和礼教的弊害"，沉痛地发出了"仁义道德""吃人"的呼声；在文艺性论文《我之节烈观》里，痛斥"宋朝，那一班'业儒'"主张女子"饿死事小，失节事大"的"昏迷和强暴"。几年后，鲁迅还在回忆性散文《二十四孝图》里写道："我总要上下四方寻求，得到一种最黑，最黑，最黑的咒文，先来诅咒一切反对白话，妨害白话者"，他的态度如此激烈，是因为五四文学革命提倡白话是为反对封建旧道德服务的，而那本深深地刺激过他的《二十四孝图》，满载荒唐、残忍道德、违反人性，"侮辱了孩子"，甚至主张儿童为长辈牺牲生命。鲁迅在这些文章里，还雄辩地指出"儒者"的虚伪，揭露儒家思想是"无主名无意识的杀人团"。到1925年，他意在给自己过去的文章和思想作一个小结时，则比较平静地表白说，他曾"中些庄周韩非的毒，时而很随便，时而很峻急。孔孟的书我读得最早，最熟，然而倒似乎和我不相干"，表明他从来就拒绝儒家学说，对它抱着反感。对于儒家学说的开创者孔子，鲁迅并不全然抹煞他作为思想家的地位和价值，他对孔子本人并未直接否定过。说到孔子，他多是指出他生前被嘲弄、死后被利用的状况，只是表现出他的"不敬"。我想这是因为孔子并没有提出封建专制主义的政治秩序和等级压迫观念的缘故。鲁迅主要是批判后来汉代所独尊的"儒学"尤其是更后起的宋明理学，以及许多封建统治者和士人为了实行或帮助实行专制压迫与精神蒙蔽的"儒者"言论（这些在《我之节烈观》中就说得很明白）。对这一切，鲁迅是坚决否定的，他的攻击简直是不遗余力的。在他的这种坚决的态度里，蕴含着对广大国民确立起现代意识尤其是个人主体性的热情期待。

如果不理解鲁迅对专制主义的强烈否定和痛恨，就不能理解他对儒家学说的整体上的否定，也不能深入理解鲁迅的个人主体性思想的内涵。

鲁迅的主体性思想的具体内涵，一是强调反抗，反对奴性。他的《摩罗诗力说》介绍"立意在反抗，指归在动作"的欧洲诗人，其间就重在倡扬他们的"反抗"。如果简单地分割开来说，"指归在动作"，可说与西方现代性概念中的"崇拜行动与成功"（卡林内斯库语）相同；而主张"立意在反抗"，则是这篇文章的侧重点。鲁迅后来在许多杂文里也一再斥责"奴性"，尤其厌恶那种"从奴隶生活中寻出'美'来，赞叹，抚摸，陶醉"的"万劫不复的奴才"。他在《略论中国人的脸》这篇寓沉痛于幽默的文章里说，中国人的脸与西洋人比较，少了一点"兽性"（"野性"），剩下的都是"人性"，其实"这只使牧人（按：

指统治者）喜欢，于本身并无好处""我以为还不如带些兽性"，即反抗性、不驯服性。在他看来，在专制压制下，这倒是健全的人性。原始儒家如孔孟，也讲个人主体性，但只是讲独立人格，只是要求坚持操守，如人们熟知的孔子说的"三军可夺帅也，匹夫不可夺志也"、孟子说的"富贵不能淫，贫贱不能移，威武不能屈"等，这当然是值得肯定的，然而如鲁迅所说，其中终无"反抗挑战"之声，没有拜伦等人那样的"自由"的观念和"争自由"的品格，缺乏能动的、批判的和不断发展和进步的要求，与现代意识中的个人主体性是不同的。这种品格在现代中国，不能触动根深蒂固的封建主义"旧文明"。

二是抵制"舆言"，批判"俗围"。这主要是指向与封建专制主义相联系的封建群体主义。鲁迅说："多数之说，缪不中经，个性之尊，所当张大……此亦赖夫勇猛无畏之人，独立自强，去离尘垢，排舆言而弗沦于俗围者也。"这里的"舆言"和"俗围"指群众在封建主义思想控制下形成的舆论和思维定势。他后来把这个意思说得更清楚："古训所筑成的高墙""使他们连想也不敢想，现在我们所能听到的不过是几个圣人之徒的意见和道理"。因为专制主义把统治者的意志变成为一般群众的意志。许多人的观念和感情，看上去是他们自己的，实际上是统治者长期影响、灌输的结果，是"外入"而非本有，不是真正出于他自己的思考和体验，发不出自己的声音。个体的思想被窒息了，生命活力被遏制了。他希望社会上有"自觉之声发，每响必中于人心，清晰昭明，不同凡响"。到五四时期，鲁迅说要用"个人的自大"来反对"合群的自大"，同样是对封建群体主义的批判，是对个人主体性的呼唤。

鲁迅这种个人主体性思想观念，与西方现代性要求社会进步和人的自由解放的方向是基本一致的，但在具体内涵上又有所不同。西方的现代性"源于工业和科学革命，以及资本主义在西欧的胜利"，因而它"是以知识（亦即科学）和技能概念以及它们在教育中和教育之外各个领域的广泛运用为主要内容的——最明显的应用之一是推动发现、发明、革新与发展"，它强调科学进步及其对社会的推动，并在文化和社会规划上要求一种统一、一致、绝对和确定性，尤其是在社会规划的现代性上是这样，而鲁迅要求的个人主体性，主要是对封建性传统社会的反抗和抵制。

鲁迅的主体性思想另一个中国特征，是将个人主体性与民众的觉醒、民族的振兴自然地联系起来，认为确立国民的个人主体性是走向民族振兴的必由之路，而不像西方那样以自我为中心，只强调个人独立于他人的重要性。长期处于宗法制度下的君主专制和层层压制的等级制度以及人身依附的观念中的下层民众，大多不知有己，没有反抗和自由的要求。而个人没有反抗和自由的要求，缺乏个人的主体性，没有活力，怎么可能形成民众奋起反抗的意识、民族自强的要求和民族群体的活力？怎么会有强盛的民族主体性？只能是群体性的"愚弱"。因而鲁迅说："人各有己，而群之大觉近矣"；"国人之自觉至，个性张，沙聚之邦，由是转为人国。人国既建，乃始雄厉无前，屹然独见于天下"。他认为国民具有个人主体性，才有民族主体性，才能建成强大的国家。应当说，中华民族早已建成的大一统的封建国家，从古代至近代，靠了在长期的共同的文化传统、生活方式中形成的共同的民族心理，包括民族群体的自豪感，有时也可御敌自强；但到了现代，鲁迅说：没有个体的自觉，"个人的自大"，只有"合群的爱国的自大"，是"文化竞争失败的结果"，只有盲目的民族自夸而缺乏个人责任感，是不能达到民族自强的目的的，如义和团的"扶清灭洋"就是一个例证。

鲁迅的个人主体性要求，后来更深广地体现在怀疑和摆脱一切外在的思想权威的主张上。他后来反对的奴性，不仅仅是对甘受统治者的奴役而言，也包括对一切错误的强势思潮的屈从，对别人思想的依赖、轻信和盲目崇拜。他劝青年们独立思考，走自己的思想之路，在思考问题和探索真理过程中不要受权威的束缚。他自己当然一直秉持这个原则。这种强盛的个人主体性，使鲁迅不像有的思想家那样因情势变化而改弦易张，轻易改变自己的基本观念，同时又使他的思想一直处于开放的、自由的状态。

鲁迅与生俱来的浓厚的文学气质，还使他的主体性观念里总饱含十分强烈的感情，如对"上流社会的虚伪和腐败"的憎恶，对农民的悲苦无告的深刻同情，对民族衰亡的忧虑，对一切违背真理的威权的愤慨，而不仅仅是观点。浓厚的文学气质，使他的主体性观念和道德品质，几乎都是在对社会人生的深切的、独特的生命体验中形成的，充满感情，形成为他的全人格。也因此，鲁迅对国民"启蒙"，也是整个的精神启蒙，是作精神"疗救"，希望"致人性之全"，而不是旨在改变一两个思想观念而已，这又使他与中国近现代其他的思想家区别开来，使他必然地选择文学即人学的方式来进行启蒙，而其强烈的主体性，从根本上决定他成了中国现代文学的奠基人。

在文学写作上，鲁迅一以贯之地反对儒家征圣宗经、文以载道的教条，他始终立足于自身的发展和创造，同时吸取和借鉴中国古代文学中的优秀成分和现代外国文学的现代性因素，鲜明地体现出个体自由原则。五四前后，他了解和译介外国尤其是俄国和东欧、北欧、巴尔干半岛地区小国的文学作品；后来又接触了马克思主义文学观点和苏联的新兴文学作品，翻译了卢那察尔斯基的《艺术论》和《文艺与批评》、普列汉诺夫的《艺术论》等文论与法捷耶夫的《毁灭》等小说，并参加了左翼文学运动。从不同方面拓展了、丰富了或部分地改变了他的文学视野和某些文学观念。但无论何时，他都没有把哪一种观点、理论当作圣经，而始终按照文学的本性，以最强的个人主体性，深切观察、体验社会实际生活和人（包括自己）的"灵魂"，始终把作品视为自己独特的生命表现、自由创造。凡是未能触动他的整个心灵的或未经他切身体验过的生活，前者如杨贵妃，后者如红军长征，他虽有过创作念头但终于没有动笔。他的杂文，则不顾"艺术之宫"的一切"禁令"，"乐则大笑，悲则大叫，愤则大骂"，袒露出自己的灵魂。鲁迅的主体性写作，又绝不同于现在一些作家只专注于自我的价值和一己的琐屑感受、甚至只不过是表达感官欲望的"私人化"写作。现在的"私人化"写作虽然与个性的表达相关，但主要是服从自己的生理性趋向，很少融入作者的社会性生活体验，离真正的个性自由甚远。真正体现出文学上的个人主体自由原则的鲁迅作品，不是"私人化"的，而是充分个性化的，它们既是鲁迅独特生命的表现，又通向深广的社会人生，与大众的心灵深处相通，反映出"大众的灵魂"。在鲁迅接触到的文学理论中，只有符合或接近这个"个性化"的原则的，才会自然而然地进入到他的写作的主张和实践之中。

这种根源于否定专制主义的、以个人主体自由为主要内涵的现代性的思想和文学观念，是鲁迅精神中的根基性的东西，没有这个根基性的东西，就没有我们看到的鲁迅，也可以说就没有中国的文化现代性。鲁迅的这种现代性思想，也就是鲁迅的现代文学精神，或者说，是鲁迅现代文学精神的核心。它与中国古代占主流地位的文学那种要求代圣立言、崇尚道德教化、主张温柔敦厚以及在形式上拟古的传统，是格格不入的。

二

现代启蒙并不是居高临下的教导。因为等级观念本来就是中国的现代启蒙特别需要驱除的蒙昧观念，所以启蒙的责任感和平民的立场与情怀，在启蒙主义者身上必然是统一的。现在有些人认为现在现代性已经终结，进入了"后现代"，而现代性和后现代性是完全对立的；同时又把"启蒙"看成是一种高高在上的俯视姿态。因而他们认为现在再谈"启蒙"已显得可笑。

"现代"，在世界范围，就是平民的时代，"后现代"更是如此。五四则是中国的平民时代的开端，也是现代启蒙的伟大开端。李大钊在第一次世界大战结束、五四运动前夜，就指出欧战的胜利是自由对专制的胜利，是"庶民的胜利"，"今后世界的人人都成了庶民"，这是"世界的新潮流"。这个时代的文学，则如当时周作人所说，应是"平民文学","只应记载世间普通男女的悲欢成败",其精髓是"普遍与真挚",因为"普通男女是大多数,我们也便是其中的一人,所以其事更为普遍,也更为切己"。这个文学潮流,连林纾也看到了,此前他就称赞狄更斯"扫荡美人名士之局,专为下等社会写照","专意为家常之言,而又专写下等社会之事",实际上肯定了欧洲十九世纪以来的平民文学潮流。后来,周作人走到相反的方向,声称文学家都是"精神上的贵族"。而鲁迅始终坚持五四以来的平民主义,并且不断深化。

鲁迅早在《摩罗诗力说》和其他许多文字里,一直表现出对"奴隶"们的"麻木"的不满,并且常常十分强烈。然而他的疾视和不满,决不是蔑视和高傲,而是出于对受压迫的同胞尤其是他所熟悉和眷念的农民由衷的关切和爱,与古代一些士君子对贫苦农民的怜悯判然有别。沈从文说他"对于农人与士兵,怀了不可言说的温爱",艾青写道:"为什么我的眼里常含泪水,因为我对这土地爱得深沉……"鲁迅实际上也是如此,不过没有这样特地说出来,他不想让人看到自己的"泪痕悲色",他的爱更加自然、深沉,有时甚至怀有敬意。这只要读一读《社戏》、《故乡》、《一件小事》、《阿长与〈山海经〉》、《我的第一个师父》、《女吊》,以及《门外文谈》等几篇杂文就行了。

鲁迅"恨"民众的"麻木",同时又爱他们的质朴。他对大众启蒙,是要去其"麻木",而存其质朴。鲁迅自己也是十分质朴的人。对鲁迅的质朴,萧红在《回忆鲁迅先生》的长文中有许多逼真、生动的描写。文如其人,鲁迅的小说、散文、杂文,是多姿多彩的,或瑰丽,或沉郁,或清新,或锐利,或幽默,或机智,但它们的底色也都是质朴。正如他说到自己写小说,"只要觉得能够将意思传达给别人了,就宁可什么陪衬拖带也没有",就像"新年卖给孩子看的花纸上,只有主要的几个人";他还说"漫画的第一紧要事是诚实",,即如"现在的所谓讽刺作品,大抵倒是写实"。他的作文原则是"有真意,去粉饰,少做作,勿卖弄"。他的小说和讽刺性很强的杂文都是如此。如今有一位优秀的小说家和散文家说鲁迅的小说《阿Q正传》"瘦,很少血肉","单纯","单纯到类似儿童的趣味",就表达出了这种感受。

鲁迅质朴的平民情怀和气质的形成,与他少年时家庭破落后就亲近过农民和他们的孩子有关,也可能还因为受了章太炎的倾向农民的"朴实的道德、品德与风习"的影响。鲁迅说:"古人说不读书便成愚人","然而世界却正由愚人造成,聪明人决不能支持世界"。鲁迅自己也一直表现出这种愚人精神。鲁迅的平民情怀,还更深地来自他与中国受压迫大众有相同的处境和命运的切身感受。鲁迅的社会地位,具体地说,自然与一般平民不同;但是放在整个半封建半殖民地的中国社会里看,并无实质的区别,他同样属于"奴隶",属于弱势群体,受着压迫和欺凌:著作被禁止,人被通缉,或受"愚弄"。鲁迅早就深深感觉到,在当时的中国,"无刀无笔的弱者不得喘息。倘使我没有这笔,也就是被欺侮到赴诉无门的一个"。自我的生存困境使他能够深刻体验到下层民众的生存困境,自认"只是大众中的一个人"。正是基于平民立场和情怀,鲁迅回望历史时,会深刻感受到,孔子"曾经计划过出色的治国的方法,但那都是为了治民众者即权势者设想的方法,为民众本身的,却一点也没有",也因此孔子后来会被"权势者"们捧到"圣人"的地位。

鲁迅的质朴,也与儒者常常表现出来的"伪"以及同时代的梁实秋等新月派中人的"绅士"精神相对立。新月派中人几乎都以"西式绅士"自许,摆绅士派头,讲绅士趣味,标榜"稳健"、"理性"和"优雅",同时也"服膺古代圣贤的明训",认为这是绅士风度必要的内容。在文学上,他们提倡新古典主义,强调所谓"健康与尊严"和"标准,纪律,规范",并认为文学"与所谓的'大多数'不发生若何关系","大多数就没有文学,文学就不是大多数的"。他们无论为人为文,都充满绅士兼儒者的贵族气息,并为此自傲。梁实秋曾公开诬指鲁迅"到××党去领卢布"(这不能不说包藏险恶的政治用心),鲁迅因而指斥梁实秋为"资本家的乏走狗"。在这次恶斗中,鲁迅是否太过火,是否意气用事,还可以讨论。但梁实秋整个的"绅士风度"、贵族心胸与鲁迅的平民立场和情怀的对立则是处处可见的,形同水火。梁实秋虽然是生活在现代的知识分子,但太缺乏二十世纪应有的现代意识,与中国五四发端的平民精神和启蒙主义背道而驰。梁实秋和其他新月派中人也爱讲"理性",但这不是欧洲十七、十八世纪启蒙运动所主张的"理性",也不是五四时期用以消除中国封建专制主义意识形态蒙蔽的科学理性,而是一种要求符合贵族式"规范"的理性。按照他们讲的理性,人们不能自由地表达出自己真挚的、丰富的见解和感情,尤其是平民化的感情。这与鲁迅不顾"艺术之宫"的一切"禁令"的文学写作主张,也是大相径庭的。

而鲁迅,对于大众,既坚持自己的主体性,不迎合、媚悦,不做大众的"帮闲",同时也是根据个人主体自由的原则,又尊重大众的主体自由,"不看轻别人,当作自己的喽罗"。他当然希望影响别人,但他不以"导师"自居,也不自命为"天纵之圣",绝无以己律人,为民立极的架势。他只希望以平民的立场,以一个现代民族国家的公民的资格,以文学的方式,以不昧于思想权威和群体混沌意向的清醒的现实主义,向社会发言,包括争论。他一生写的大量作品,都是如此来践行启蒙的责任的,没有"教训文学"的气味。正因为如此,他最大程度地自由地形成和表达出他深刻的思想和感情。然而他的强盛的个人主体性,十分独特的声音,必然地构成了与专制主义的对抗,恰恰传达出众多"像压在大石底下的草一样"的民众的意志,以至被视为"民族魂"。

鲁迅质朴的平民情怀,还是他倾向于无产阶级革命理论和左翼文学运动的感情因素。他对苏联发生好感,就主要因为他知道那里的"工农都像了人样",而不是如有的人所说的是在政治上受了欺骗。同样出于这种人格上的原因,鲁迅在《对左翼作家联盟的意见》中要求左翼作家不要有高人一等、革命成功以后应当"坐特等车,吃特等饭"的特权观念,后来又尖锐批评了有的左联负责人的中国封建专制主义作风,从又一个侧面表现出鲁迅平民情怀和立场的深挚与坚执。而就是在今天,有等级观念和更可憎恶的专制作风的人依然很多,如崇拜权力、迷恋权术、开会严格按职位高低排座次等等,远未绝迹。作家中自命不凡者,也不乏其人。鲁迅对这些是早有预见的。即此一端,也可理解为什么鲁迅会认为五四的启蒙还未完成,还需要坚持启蒙主义。

与鲁迅质朴的平民情怀相联系的,是他的自审意识。这是他与许多五四以来的启蒙主义者和三十年代革命者更重要的区别,具有更深刻的现代性意义。

鲁迅的自审意识,在两个层面表现出来。一是为人启蒙,同时甚至首先是自我启蒙。他早在民族自强问题上认为要"首在审己,对个体自我更是如此。他批判和否定那些根深蒂固的中国封建主义文化时,常常反顾它们在自己身上的留存,"更无情面地解剖我自己",并不自外于民族和大众。我们从他对漫长的中国封建社会"吃人"历史的揭示中,可以感觉到他对自己的怀疑;在《答有恒先生》一文里,还看到他"我现在发见了,我自己也帮助着排筵宴"的直接表白;他在散文《风筝》里,写幼时粗暴踏扁弟弟放的风筝的久远往事,自责是对作为儿童的弟弟的"精神的虐杀",好像看作是自己帮助排筵宴的一个具体事例。他还把他写的白话中常"流露"出古文的"字句,体格来",也视作身上的"古老的鬼魂",并为"摆脱不开,时常感到气闷和沉重"。而当他"觉得古人写在书上的可恶思想,我的心里也常有"的时候,他更感到沉重甚至痛苦了。到三十年代鲁迅转向马克思主义的过程中,又以马克思主义的一些思想之"火"来"煮自己的肉",检讨自己的社会历史观、文艺观和人生态度上"中产的智识阶级分子的坏脾气"。他的自审态度是非常诚挚而深切的。而五四新文化运动中的不少启蒙主义者,大多过于自信而只指向外在的社会和民众;三十年代一般左翼人士则"唯我独革"、今天的一些专家学者也充满着"精英"意识。他们都缺乏鲁迅这样的自审意识。

鲁迅的自审意识第二个更深的层面,是对启蒙本身,也常常怀疑其有效性和正确性,常作批判性的反思。鲁迅从五四开始致力于"'文明批评'和'文化批评'",但他几乎同时又害怕自己"未成熟的果实偏偏毒死了偏爱我的果实的人","因此作文就时常更谨慎,更踌躇"。他的小说《头发的故事》中的 N 先生、《故乡》和《祝福》中的"我"、《在酒楼上》的吕纬甫等小说中的人物身上,都有鲁迅自己的影子,一些情节还是他的亲历。N 先生因剪掉辫子被视为异类而劝阻后来想剪辫子的学生以免于"无谓"的痛苦;"我"本暗笑闰土要香炉和烛台不免显得迷信愚昧,事后觉得自己的"希望"实际上也很空洞茫远;另一个"我"则无力找到适当的话语回答临死前的祥林嫂灵魂有无的问题;吕纬甫当年与人激烈议论改革中国的方法,如今变得敷敷衍衍无可无不可……,可见他在研究、体验和表达这些人物的感情时,"连自己也烧在这里面",融入了他内心深处对启蒙效果的疑虑。鲁迅对启蒙的疑虑,实际上表现出对现代性的片面性的警觉,对主体性可能产生的绝对主义的担心。现代性的思想观念的片面性,在于对一致和绝对的追求,相信人凭借理性发挥自己的主体性可以完全改变自然和社会、摆脱外界的束缚和限制,解放人类,这是一种绝对化的观点和偏见。面对沉重的封建专制主义的压迫,鲁迅的个人主体性是极为强盛的,但当他反思启蒙的效果时,他的态度是犹疑的。鲁迅对现代性的批判性反思,表现出他的某种"后现代"倾向,上述的平民态度和视角,是形成他的后现代倾向的原因之一。而这与他坚持现代性的个人主体自由原则并不矛盾,因为现代性本来就孕育着后现代性。卡林内斯库说:作为一种"心智结构"和"对知识的一种特定态度"的现代性,"应摆脱任何外在权威与体制(包括科学共同体本身)的专断,同时也应摆脱个人信仰与偏见的固执"。鲁迅对现代性不断的、深刻的批判性反思,使他能够避免形成新的专断、强制、刻板和绝对化,不自行封闭真理发展的广阔空间。

　　鲁迅的自审意识尤其是对现代性的怀疑和反思,使他的文学作品蕴涵特别的真意,展现出敞开的思维景象与情感世界,格外深刻和动人。鲁迅作为一个坚定的启蒙主义者,既不从古代历史上寻找某个思想权威来规范自己,也不陷入现代性的一种对一致和绝对的追求。他只朝向一个目标,一个与一切不合理的历史和现状不同的、接近于他早年思索过的"理想的人性"的目标,虽然这个目标不甚明晰,他一边反思一边探索前行。

鲁迅的魅力

有的人活着，

他已经死了；

有的人死了，

他还活着。

——臧克家《有的人——纪念鲁迅有感》

这是臧克家 1949 年 10 月写的诗句，那时鲁迅死了十三年了，但诗人说："他还活着。"

今天，鲁迅死了六十五年了，但我们仍然可以说："他还活着"，还活在中国人的心里，活在许多了解中国民族的外国人的心里。

鲁迅的魅力在哪里呢？

他的作品都是"独特的诗"，有独特的美（冯雪峰），而又蕴含深刻的"哲理"和极为丰富的文化、历史内容（艾思奇）；他在一切奴役人、欺压人的中外势力面前，"没有丝毫的奴颜和媚骨"（毛泽东），而在弱者、幼者面前，又有一颗"仁爱的心"（巴金）；他总是"清醒"地正视现实，无情地揭穿种种"瞒和骗"的把戏（瞿秋白），而有时又十分"天真"爽朗，"从心里欢喜"地开怀大笑，"笑得连烟卷都拿不住"（萧红）。他还被公认是最懂得"老中国"的"旷代的智者"。鲁迅就是这样的一个人，他离我们很近。我们只要认真地读一读他的书，就会更懂得文学也更懂得人生，更了解昨天也更了解今天，因而被他深深吸引。

鲁迅的小说有特别的"格式"。他将中国传统的白描，与西方现代文学中的象征、隐喻等手法和对人的无意识的表现,融合在一起,揭示出人的灵魂的深;语言又十分简洁,短峭,传神。狂人、孔乙己、九斤老太、赵七爷、闰土、阿 Q、祥林嫂和"孤独者"魏连殳等等人物形象,个个既非常独特、鲜明,又是某一类中国人的"共名",其中有的人物和他们的"名言"还常常挂在我们的嘴边。确实,我们至今还可在我们的周围看到他们的影子,感觉到他们的精神状态在自己和旁人身上的存在。在我国近百年中,除了鲁迅,没有一个作家能够提供出这么多有价值的文学形象,能让人们如此难以忘怀。鲁迅另有一些小说,如《兔和猫》、《鸭的喜剧》等,还袒露出鲁迅的另一种情怀,那就是对一切活泼的生命的关切和爱。跳跃的小白兔、遍身松花黄的小鸭、生了脚的蝌蚪的存亡,都牵动他温厚、博大的胸怀。他珍爱生命,从人直到种种生物物种。这也与今天人类对大自然的关爱相通。

　　鲁迅对活泼的生命、对一切美的事物的眷恋,和对人的内心情感的珍惜和人道主义的祝愿,在看上去充满荒寒、沉郁之气的散文诗《野草》里也流露出来。《雪》,写出他身居北地而如何忆念江南"滋润美艳之至"的雪;《风筝》回忆自己幼时不理解弟弟正常的玩乐之心而踏扁了他的风筝的往事,表达出对这"精神的虐杀"之举的难以排遣的自责;《好的故事》抒发对美的人和事的热烈的向往和破灭后的怅惘;《腊叶》则是"为爱我者的想保存我而作"的诗篇,它以被夹在一本书里的一片有蛀孔的腊叶自况,而传达出对"爱我者"的感念。回忆性散文《朝花夕拾》,有更多的篇什,如《阿长和〈山海经〉》、《从百草园到三味书屋》、《无常》、《范爱农》、《藤野先生》,更正面表达出对质朴的保姆、塾师、城镇上的"下等人"和耿介而落魄的友人的温爱,以及对关切过自己的异国的老师的由衷的感激。这种情感,比时下流行的林语堂、梁实秋的散文小品里所抒发的,要健全得多,深沉得多。如果我们不是一味喜好世俗浅表的趣味,不是只想吃"文化快餐",而对严肃文学感觉兴趣,想对社会人生求得真知,这样来读鲁迅,我们就一定会感受到鲁迅的魅力。

　　那么鲁迅的杂文呢? 鲁迅写得最多而现在的青年朋友觉得难懂的杂文的魅力何在呢? 其实,只要稍花点功夫弄清有关的政治、文化背景和人际关系,它们的魅力就会产生。我们前面说的鲁迅的深刻的哲理和文化、历史见解,鲁迅以反奴役、反欺压为特征的强盛的主体精神,和他的清醒的社会观察,在他的杂文里表现得最为充分,对我们有更直接的启示。他所针对的具体的人事虽已远去,但是他的见解,他的精神,他的发现,在今天仍然有效。因为今天的中国是昨天的中国的延续,并未完全隔绝。他说要做"世界人",要防止我们被"从'世界人'中挤出";他说"现在的青年要紧的是'行',而不是'言'";他说要勇于"改革",而不要"善于改变"(善于"做戏");他说我们要"放出眼光",向外国去"拿来"自己需要的东西,等等,等等,不都仍然是对我们的警示和提醒吗？还有,他的终极理想:"尤为高尚尤为圆满"的人类的出现,也永远是鼓励我们的力量。就是在日常生活中,现在一般人爱说的"第一个吃螃蟹的人"、"中国的脊梁"、"拔着自己的头发想要离开地球"等等,言简意丰,富于理趣,也都是鲁迅在杂文中随意写出的语句,却很难用别的说法替代。同时,鲁迅杂文的形式也很美,很可鉴赏。它的语言含蓄,凝练,峭拔,幽默,风趣,却又是纵意而谈,还时有词语的反常组合,效果奇特。更不必说,他剖析事物,用笔如刀,片言只语,切中要害,犀利无比。有的读者,读鲁迅的杂文,一时可能对其内涵不甚了然,却首先会被这种语言、形式所吸引,放不下手,领略到一种美(宏壮刚劲之美),而渐有会心,然后深入堂奥,得其真意。那是他杂文的美的形式所具有的魅力,是睿智的战士所具有的独特的诗美产生的魅力。

　　读鲁迅的书吧！对于今天的读者,尤其对于青年朋友,鲁迅的不少作品读起来可能会感觉到沉重,感受到冷峻。但我们的现实,我们的人生,本不是只有欢快和轻松,对于青年来说也是如此。认真地读一点鲁迅吧,他会使你眼目清亮,使你精神振奋,使你"深刻",使你成熟。同时,也会使你得到"愉快和休息"(《南腔北调集·小品文的危机》),一种涵养健全人格的愉快和休息。

相通相契的心灵档案

——鲁迅瞿秋白友谊之谜

1936 年鲁迅逝世不久的 10 月 30 日,巴黎《救国时报》发表了一篇署名"史平"的文章《一个深晚》,作者主要回忆 1932 年 11 月的某一天,也就是瞿秋白第一次到鲁迅家里避难后离开的那一天,他前去将瞿秋白夫妇接回原住处的情景。"史平"是陈云当时使用的名字,1932 年任全国总工会党团书记。

文中记述道:那晚下着雨,他到鲁迅家里,见瞿秋白已准备好了,正想下楼去叫车子,鲁迅说"不用你去",他招呼"女主人"(陈云不知道许广平的名字)冒雨去叫三辆黄包车,……一会儿女主人回来说:"车子已经停在门口。"我说"走吧",就帮助之华提了一个包袱,走到门口,秋白同志向鲁迅说:"我要的那两本书,请你以后就交××带给我。"又指着我向鲁迅说:"或者再请×同志到你这里来拿一下。"我就顺便插口:"隔几天我来拿。"正想开门下楼去,之华还在后间与女主人话别。我们稍微等了一下,鲁迅就向秋白同志说:"今晚上你平安的到达那里以后,明天叫××来告诉我一声,免得我担心。"秋白同志答应了。一会儿,我们三人出了他们的房门下楼去,鲁迅和女主人在门口连连说:"好走,不送了。"当我们下半只楼梯的时候我回头去望望,鲁迅和女主人还在门口目送我们,看他那副庄严而带着忧愁的脸色上,表现出非常担心我们安全的神气。秋白同志也回头望了他们一眼,说:"你们进去吧。"他们默不作声地点了点头。

我以为这是记述鲁迅与瞿秋白交往的最切实可信的文章之一。质朴平实的文字,表现出鲁迅瞿秋白的交谊之深:瞿秋白得到保护,自然感激在心,但并不说出,临行时还托付鲁迅办事,并且语气随便,如对多年老友。鲁迅担心瞿秋白的安全,分别时却默不作声,但目送瞿秋白离去时,不由自主地露出忧愁的脸色。这一切都给陈云留下了难忘的印象。

这不过是鲁迅与瞿秋白友情显现之一斑。从 1932 年鲁迅与瞿秋白第一次见面到

1934 年瞿秋白离开上海赴江西苏区,以至于在 1935 年瞿秋白被俘身份未暴露之前和牺牲之后鲁迅抱病编瞿秋白译文《海上述林》期间,都留下了他们许多动人的友情故事。鲁迅对瞿秋白的借重、扶助、掩护和亲密合作,没有间断过,后来又刻骨铭心地思念瞿秋白,直到他逝世。而瞿秋白比鲁迅要小十八岁,在自然年龄上属于两代人。这种状况,在鲁迅与人交往的历史上是罕见的。

避难与扶助

就说瞿秋白到鲁迅家里避难,就有四次:第一次如上述,约十天;第二次从 1933年 2 月上旬至月底;第三次是同年 7 月下半月,住了几天;第四次在一个多月以后,又住了几天。那几年里,只要党的机关遭到破坏,瞿秋白无处存身时,就避到鲁迅家里住下,等到"警报"过去才离开。瞿秋白可能从没有向鲁迅当面称谢,但是他曾多次对一位同志说:"我是在危难中去他家,他那种亲切与同志式的慰勉,临危不惧的精神,实在感人至深。"为什么说自己时处"危难"中?为什么说鲁迅让他避居是"临危不惧"? 因为,从 1931 年 9 月开始,瞿秋白是国民党政府的重点追捕对象。1931 年 9 月 1 日,国民党中央组织部长陈立夫给国民党中央执委会打了一个报告,要求悬赏通缉七名共产党人,"拟定悬赏价格,计瞿秋白、周恩来二人各二万元",其余各一万元。同月 21 日蒋介石批准了这个报告,令各省市和各军统一协调行动缉拿。所以,瞿秋白说,鲁迅在他危难之中保护了他,临危不惧。

我想,如果没有鲁迅这个家,瞿秋白也许早就遇难了,不会有后来在江西苏区为革命尽力的经历,当然也没有现在众所周知的那个被排斥在长征队伍之外的事件了。

鲁迅那几年对瞿秋白经济上的支持和帮助,也是很令人感动的。那几年,瞿秋白被王明宗派集团排除在党的领导机构之外,只领很少的经费,而需要写作,抽烟又多,经济上入不敷出。鲁迅是多么细心的人,自然觉察到。他就用各种适当的方法,不断给予帮助。这对瞿秋白无异是雪中送炭。这方面的事实,我们不妨也按时间顺序列述如下:一是在 1932 年 8 月间。先是,鲁迅打算把他的《二心集》和瞿秋白翻译的高尔基四篇短篇小说一起让合众书店出版,但合众书店不愿买下瞿秋白的译作。于是鲁迅把《二心集》的版权一起售出,合众书店才同意。为了帮助瞿秋白,鲁迅不惜出售了自己的杂文集,《二心集》因而成为鲁迅著作中唯一出售版权的书。二是在同年 11 月,鲁迅将他编译的苏联短篇小说集《一天的工作》交给良友出版公司出版,这本小说集共收十篇,其中绥拉菲摩维奇的《一天的工作》和《岔道夫》是由杨之华译出初稿、瞿秋白校改定稿的。书稿刚寄出尚未得到良友公司的稿酬或版税时,鲁迅就从其他版税所得拿出六十元给瞿秋白夫妇。三是在 1933 年 3 月瞿秋白在鲁迅家避难期间。鲁迅和瞿秋白一起翻译、编写成一本《萧伯纳在上海》,许广平、杨之华帮助收集报刊和剪贴,出版后鲁迅将全部稿费付给瞿秋白。四是同年 4 月。瞿秋白编辑了《鲁迅杂感选集》并作序。起初鲁迅请瞿秋白编选他的杂文,就意在使当时很拮据的瞿秋白能得到一笔稿费,而明知这本选集出版后会影响自己的单本杂文集的发行量。编成送交北新书局后,鲁迅即致信北新书局老板李小峰,说"此书印行,似以速为佳",这固然有鲁迅重视瞿秋白所作的序言这个因素,但急于在经济上帮助瞿秋白是重要原因。出版后,鲁迅即给瞿秋白"编辑费"二百元,其中一半钱是鲁迅垫付的。

可以说,如果没有鲁迅持续不断的经济上的帮助,瞿秋白在三十年代上海期间是很难写出那么多文章和译作,并且传诸后世的。

鲁迅对瞿秋白的扶助和掩护不仅在此两端。在瞿秋白第二次避难以后,鉴于鲁迅自己的住处也不安全,并为了使瞿秋白有一个安定的生活和写作的环境,鲁迅曾亲自给瞿秋白在施高塔路东照里(今山阴路 133 弄)租定了房子,为了要选得合适,他两次到那里去看屋。后来瞿秋白正是在这住屋的墙上,挂上了鲁迅书赠的、如今脍炙人口的那副对联:

> 疑仌道兄属
> 人生得一知己足矣
> 斯世当以同怀视之
> 洛文录何瓦琴句

"知己"的真义

鲁迅给予瞿秋白的友情,当然不只是表现在对他的安危的关切和经济的帮助上。作为知识分子和革命者,他们的友谊主要表现在文化建设和斗争上的共同志向、持久不断的密切而愉快的合作和对问题的不分彼此的争论,以及离别以后的深长怀想。

甚至,他们两人在见面之前,已经在文字之交中彼此产生亲密之感了。当时。鲁迅正热心于译介苏联文学作品(此前他翻译过普列汉诺夫和卢那察尔斯基的一些文艺理论著作),认为现在正是这些"战斗的作品更为紧要",但是鲁迅不懂俄文,主要从日文转译。现在知道十分重视苏联"无产阶级文学名著"而又精通俄文的瞿秋白到来,就急忙"抓住他",先后请他翻译了格拉特柯夫的长篇小说《新土地》、格·涅拉陀夫为绥拉菲摩维奇的《铁流》写的序言和卢那察尔斯基的剧作《解放了的堂·吉诃德》,并赞扬他译笔的准确和流畅。稍后,鲁迅自己从日文转译的法捷耶夫的长篇小说《毁灭》(署名隋洛文)在大江书铺出版后被查禁,鲁迅不甘示弱,即以"三闲书屋"的名义,自费印行第二版,并干脆署名"鲁迅",以示抗议,后寄赠瞿秋白一本。瞿秋白给鲁迅写了一封六千字的长信,鲁迅很快回信,也写得很长,并都公开发表。

瞿秋白的信,称鲁迅为"敬爱的同志",说《毁灭》的出版是"革命的文学战线上"的一个"小小的胜利",对鲁迅的劳绩和硬气表示钦佩。不过信的主要内容,却是关于语言和翻译问题的学术性讨论。他指出了鲁迅的几处误译,并对语言和翻译上的一些原则问题毫无顾虑地发表自己的意见。最后写道:"所有这些话,我都这样不客气的说着,仿佛自称自赞的。对于一班庸俗的人,这自然是'没有礼貌'。但是,我们是这样亲密的人,没有见面的时候就这样亲密的人。这种感觉,使我对于你说话的时候,和对自己说话一样,自己和自己商量一样。"然而瞿秋白信中关于语言和翻译的主要见解,植根于他关于文学和语言大众化的偏激观点,是错误的。他在信中提出翻译要有利于形成"绝对的白话",认为在"信"和"达"之间可以偏重于后者,即顺达,而鲁迅的《毁灭》的译文,"做到了'正确',还没有做到'绝对的白话'"。瞿秋白的"绝对的白话"的标准是读出来工农大众读能够听得懂,这实际上是做不到的,也不符合一般的翻译理念和原则。鲁迅回信,也以"敬爱的 J.K 同志"相称。直接称一个人为"同志",在鲁迅一生中是绝无仅有的。按鲁迅的品性之"诚",这决不仅仅是对瞿秋白信的抬头的礼貌性的回应,他确同样有亲密的感觉,说"也和你的意思一样,以为这只是一点小小的胜利"。同时,他在信中直率地表示不同意瞿秋白的观点,指出大众中因受教育程度的不同,读书的"胃口"也不同,对较高程度的读者,译文不妨"宁信而不顺",以便输入新的表现法,促使汉语精密起来,并可丰富群众的语言。当然,对于瞿秋白所指出的误译,他是表示感谢的。

他们相互毫无顾虑地坚持自己的意见,展开争论,是因为他们一样都着眼大众而认真思考汉语言文字改革的问题,一样都把《毁灭》等苏联文学作品的翻译,看作自己的"儿女",所以觉得无须顾及一般的人计较的"礼貌"。这次直接的文字交往表明,他们之间,一开始就有着这种一致的文化理想和抱负,这种相同的认真追求真理的学术态度。他们互称"同志",这"同志",不仅是一般政治层面上的志同道合,还有更具体的内涵,而这正是他们成为知己的一块牢固的基石。

至于瞿秋白和鲁迅合作写作杂文的史实,早已广为人知:瞿秋白住东照里期间,有十一篇杂文是与鲁迅漫谈后写成的,再经过鲁迅修改,用鲁迅当时常用的笔名发表,后来鲁迅还把它们收到自己的集子里。另有三篇,也经鲁迅修改,也用鲁迅的笔名发表。我想指出的是,鲁迅在写作上与人合作,一生中除早年与二弟周作人之外,没有第二个人。作为作家,在最为珍视的创作上如此默契地合作,不分你我,足见这一对"知己"的相知之深。

可以想见,1935 年,瞿秋白被俘和牺牲,对鲁迅精神上的打击是多么沉重了。瞿秋白身份未暴露时,鲁迅曾与周建人筹划办一个店铺,以作铺保去保释瞿秋白,但不久就传来了瞿秋白已被枪杀的消息。鲁迅得到确信,据说,他长时间"木然地坐在那里,一言不发,悲痛得头也抬不起来了"。此后鲁迅在书信和谈话里,一再提到瞿秋白的死。有研究者说:"如果有人把鲁迅书信中悼念秋白的话,辑集在一起,确是一篇最沉痛、最悲愤的悼文。"这一年,鲁迅的身体状况已经很差了,又有许多事情要做。但他搁置手头一些著译,支撑着病体,着手编选两大卷瞿秋白的译文,题作《海上述林》,托名"诸夏怀霜社"(瞿秋白名霜)出版。他亲自抄录部分稿子,校对全部清样,决定用重磅道林纸印刷,还在内山完造的帮助下,特地送到印制技术较高的日本去印刷、装订,共五百部。其中一百部皮脊,麻布面,金顶,金字,四百部蓝色天鹅绒面,蓝顶,金字,装帧豪华,以寄托他的无尽哀思。上卷出版后鲁迅又亲拟广告,广告中说:"本卷所收,都是文艺论文,作者既系大家,译者又是名手,信而且达,并世无两。其中《写实主义文艺论》与《高尔基论文选集》两种,尤为煌煌巨制。此外论说,亦无一不佳,足以益人,足以传世。"这是对瞿秋白的赞美,也是对他的怀念。但上卷运抵上海鲁迅见到时,已是1936 年 10 月 2 日,下卷还未出版,鲁迅自己也与世长辞了,他们都走到了生命的终点。

鲁迅是很重友情的人,但是与他一生始终保持牢固友谊的人并不很多。他与瞿秋白为什么会发生并形成如此深厚而牢固的友谊? 我常常思索这个问题。对此人们一般都归之于共同的政治立场和目标。无疑,这是一个十分重要的基础。鲁迅在三十年代确信"惟新兴的无产者才有将来",服膺马克思主义,信任中国共产党,愿与其共同奋斗,寻找中国的出路。但是,他与一些接触时间不算少的左翼人士和共产党人并没有结成友谊,有些还与他发生很深的矛盾,所以仅仅从政治层面是无法解释的。即使再加上上述具体文化理想的一致，也不能解释得圆满。我认为，他们的深厚友谊的基础包含共同的政治信念和文化理想，但又是超越其上的，或者说是涵盖了政治信念、文化理想却又不限于此，而有更深广的精神契合，更微细的人格、气质上的相互吸引。这在一开始就是如此。我们常说"一见如故"、"生死之交"，同时又说不清何以会一见如故，怎么会至死不变，在鲁迅与瞿秋白那里，我们正遇到了这种人生现象。

从未有过的理解

鲁迅与瞿秋白更深的精神契合，首先在于鲁迅感觉到瞿秋白对他有真正深刻的了解。

这反映在瞿秋白住东照里期间为《鲁迅杂感选集》写的长篇序言里。在这篇序言里，瞿秋白对长期以来遭人轻视的鲁迅杂文的文体特征及其形成的原因进行了精辟的分析，对它们的思想和艺术价值作了高度的评价。然后，他醒目地提出了一个问题："鲁迅是谁?"此后以至于今，一些人也跟着这样发问，这当然没有什么不可以。但瞿秋白当时这样提问，具有特别的尖锐性和迫切性。自"五四"以来，众多新文化人士是敬仰鲁迅的，感受到他思想见解的深刻、文学才能的杰出、向旧世界不断进击的勇毅和特立独行的人格，但对他的思想的内涵及其在中国近现代思想史上的意义并无清楚的认识。还有不少人则不断地攻击他，歪曲他，贬损他。到此三十年代，更有一些浅薄之徒与反动文人，讥嘲他接受马克思主义和参加左联是为了避免自己"没落"、失去了知识分子的独立性，甚至诋毁他是为了拿共产党的卢布以维持生计。这些倒还没有多大的舆论市场。最使瞿秋白感慨并觉得迫切需要解决的问题是左翼阵营内部不少人对鲁迅的不理解。虽然在 1930 年左联成立之后，原来在"文学革命"论争中攻击鲁迅的创造社、太阳社中人对鲁迅有所认同，但仍然认识不到他的社会历史观的革命意义和文学观的正确以及社会人生体验的深切。他们表面上尊他为左联"盟主"，实际上并不把他当作真正的同志，甚至以革命正宗自居，不时加以奚落、排斥和攻击。瞿秋白以他比较宽广的思想政治视野、马克思主义理论素养，加上他在此期间对鲁迅杂文的深入研究和亲密相处所得的认识和感受，相当系统、全面地阐述了鲁迅的思想发展历程，他在中国近现代思想文化史上的重要地位和"最清醒的现实主义"等鲁迅精神的可贵。瞿秋白在准备写这篇序言时，就自信地说："我和鲁迅谈了不少，又反复研究了他的作品，可以算是了解鲁迅了。"序言的阐述表明，他确实是了解鲁迅的。

在序言里,瞿秋白对鲁迅的思想发展作了这样的概括:"鲁迅从进化论进到阶级论,从绅士阶级的逆子贰臣进到无产阶级和劳动群众的真正的友人,以至于战士,他是经历了辛亥革命以前直到现在的四分之一世纪的战斗,从痛苦的经验和深刻的观察之中,带着宝贵的革命传统到新的阵营里来的。他终于宣言:'原来是憎恶这熟悉的本阶级,毫不可惜它的溃灭,后来又由于事实的教训,以为惟新兴的无产者才有将来。'"这段话集中表达了瞿秋白对鲁迅的认识,启示了许多左翼的和进步的文化人士,增进了左翼内部的凝聚力。后来,尤其是建国以后,不断有人评论这篇序言的得失,其中有些学者为了表现出对鲁迅估量的全面和评价的高度,说应当用"从民主主义到共产主义"来概括鲁迅思想的发展;有的为了显示判断的科学性,说鲁迅后期并未放弃"进化论",而"阶级论"并不能概括马克思主义。但我以为,瞿秋白并不是只从政治层面立论的,而主要从鲁迅的哲学文化思想和对社会变动的丰富、深切的感受来立论的,不空泛,有血肉,并且凸现重点(阶级论确实是当时需要强调的唯物史观中的重要内容),不是空洞抽象、四平八稳的理论语言可以取代的。

鲁迅读了这篇序言后,据冯雪峰回忆:"他说:'分析的是对的,以前就没有人这样批评过。'他说话时候态度是愉快和严肃的,而且我觉得还流露着深刻的感激的情意。"对于序言中的一些具体论述,如关于鲁迅与"现代评论"派陈西滢等人的论辩,也引起鲁迅的知音之感。瞿秋白写道:鲁迅对陈西滢以及章士钊等人的批评,并非后来的读者说的"攻击个人的文章",他们的姓名,"在鲁迅的杂感里,简直可以当作普通名词读,就是认作社会上的某种典型"。对此,鲁迅说:"看出我攻击章士钊和陈源一类人,是将他们作为社会上的一种典型的一点来的,也还只有何凝一个人!"瞿秋白在后文论述"革命文学"论争期间鲁迅对创造社的批评时,再一次提到鲁迅这个"经过私人问题去照耀社会思想和社会现象的笔调"。实际情况也正是如此。仅此一点,也会使鲁迅产生"人生得一知己足矣"的感叹了。我们现在也忍不住要感叹的是,至今仍然有许多人对此没有感觉,还一味在那里谈说"鲁迅喜欢骂人",没有"现代评论"派和胡适这一类人宽厚,"我"如活在当时,是只愿意与后者做朋友的,等等。

在鲁迅四面受敌之际,瞿秋白这篇序言,对鲁迅的理解之深,解剖之切,对鲁迅来说,也有"雪中送炭"的意味,但这不是凡夫俗子之间的投桃报李之举,而出自肺腑。这是诚挚的思想家之间的友情,是他们两人形成深厚、久长的友谊的最深的"谜"底,它将在中国现代思想史和文学史中永远熠熠生辉。

真诚与平等

　　鲁迅之所以会对瞿秋白产生亲密之感,我认为,还是因为瞿秋白的真诚与平和。
　　鲁迅的大半生中,遇到过太多虚伪的文人学士,也领教过不少青年"才子"的张狂。不说过去,此前不久就饱受"文学革命"倡导者(主要是青年)的攻击和嘲笑。前面说过,瞿秋白比鲁迅小十八岁,对鲁迅来说也还是"青年"。然而瞿秋白与那些青年大不相同。上世纪七十年代末,我曾参加过瞿秋白专案组几次旨在为瞿秋白"叛徒"问题平反的座谈会。座谈会上许多与瞿秋白有过接触的老同志,多次谈到他们自己以及当年与瞿秋白共事过的中央领导人对瞿秋白的一种印象,就是他的民主作风。他在担任党的主要负责人时,虽曾有错误观点,但从不以势压人;一旦认识到自己的错误,就会作认真的自我批评。在左联时期,瞿秋白虽被排斥在党的政治领导机构之外,但因他的党内经历与比一般党员和左翼人士深得多的马克思主义理论素养,仍得到敬重,仍被视为"领导"。瞿秋白这时也没有政治上的优越感和理论权威架势。这是他的秉性如此。对于鲁迅这样一位思想深刻、战斗不息而又年长的党外前辈,他更绝无轻慢之心、"领导"之态。这与左翼中一些生吞活剥地读了一点马克思主义的理论(有的还是对马克思主义的曲解)就好像"独得了'工人阶级文化代表的委任状'",视鲁迅为"落伍"者而加以指责、戏弄的青年相比,形成鲜明的对比。这当然会使鲁迅产生少有的亲密感。
　　在鲁迅与瞿秋白相识后的几年里,就有一些事情发生。例如,1932 年 11 月,在周扬主编的《文学月刊》上发表了一首长诗《汉奸的供状》,用辱骂和人身攻击的方式"批判""自由人"胡秋原,甚至恐吓:"当心,你的脑袋一下子就会变做剖开的西瓜!"鲁迅对这种流氓式的战法十分不满,写了一篇《辱骂和恐吓决不是战斗》寄去,原来坚持要发表《汉奸的供状》的周扬倒也把鲁迅的文章发表了出来,并加按语称"这是尊贵的指示"。然而后来似与周扬接近的几个左联中青年"用假名夹杂着真名",发表《对鲁迅先生的〈恐吓辱骂决不是战斗〉有言》,攻击鲁迅的文章"陷入了主要的危险——右倾机会主义的陷阱!",是"戴白手套革命",鲁迅"提出质问,但结果是模模糊糊,不得要领","真是好像见鬼"。瞿秋白与鲁迅站在一起,写了《慈善家的妈妈》和《鬼脸的辩护》两篇文章,严肃批评了《对鲁迅先生的〈恐吓辱骂决不是战斗〉有言》严重的"'左'倾机会主义错误",明确表示"鲁迅说'辱骂决不是战斗'是完全正确的"。这两篇文章当时虽未发表,但鲁迅是看到的并收藏了手稿。瞿秋白 1934 年 1 月离开上海后,就在这一年夏,又有两位左联青年向鲁迅发难。一个攻击鲁迅的《倒提》一文"渗有毒汁,散布了妖言"、作者是"买办"。另一个是因为鲁迅一封关于大众语问题的信与杨邨人文章发表在一个刊物同一期上,而化了名毫无道理地指责鲁迅善于与敌人"调和"(事后又否认自己不是作者)。这里有宗派主义在作怪,但根本原因是他们惟我独革,态度轻狂,根本不认识也无心去认识鲁迅文章的深刻和战斗热忱以及为人为文态度的严正。鲁迅并不要求青年无原则地尊重自己,但容不得青年当面称"敬爱的先生",背后射"暗箭"。这些使他"寒心"。在我们今天看来,他们至少对鲁迅文章的深刻内容太缺乏理解能力却自以为是,太不把鲁迅当一回事了。这种情况在瞿秋白身上是绝对不可能发生的。更激起鲁迅强烈不满的是解散左联和"两个口号"之争前后周扬、徐懋庸"一群"的"工头"姿态。即便鲁迅对其中一些情况有些误会,他们对鲁迅的轻率、傲慢的态度也是难以谅解的。按鲁迅的为人,他虽然性情竣急,但只要对方出自真诚,光明磊落,他是能够取其大而略其小的。他与瞿秋白争论语言和翻译问题时就是这样。

在这样的对比下,鲁迅怎么不会对瞿秋白感到亲切,久久地心存暖意,在他牺牲以后还深深怀念他呢?

瞿秋白对鲁迅的尊重,不仅表现在他对鲁迅的真诚、平和与谦逊的态度上,也体现在他十分注意使鲁迅真正发挥对左联的领导作用。他通过冯雪峰等人,让鲁迅了解较多左联实际状况和内外形势,让他的意见得以在左联得到较大程度的重视,而不致被完全架空。鲁迅本人并无争权之心,也并不想借左联以自重,相反,他当初是意识到他的参加左联,可以壮大左联的力量,扩大它的影响,才参加左联的领导层。实际上是左联要借重鲁迅而鲁迅甘作"梯子"。但另一方面,按鲁迅的性格,既然参加了,是不愿意徒有左联同人之名而无实际贡献的,他要对自己和对左联负责。因而瞿秋白对鲁迅在左联活动上的支持,想来鲁迅也是不无感激之心的。1934秋,鲁迅告诉左联有关负责人,说他不想再管左联的事了,这直接原因与上述遭受两支"暗箭"等事件有关,而从根本上看,可以说是与这时瞿秋白已离开上海相关的。

我以为,在那个年代和鲁迅的那种境遇中,瞿秋白对鲁迅待之以诚,也是他们形成深厚友谊的"谜"底之一。何况鲁迅早年就感叹中国人缺少"诚和爱",因而瞿秋白的诚挚当然更得到他的好感。从鲁迅那边来说,他事实上是长者、前辈,而与瞿秋白相处似同辈,这也是鲁迅伟大的地方,使瞿秋白衷心感佩。相互平等相处、待之以诚应是他们友谊的一个基础。

都是"工作狂"

　　鲁迅与瞿秋白的深厚友谊也是在共同紧张的劳作中形成的。鲁迅与瞿秋白都是"工作狂"。他们有一种相同的优秀知识劳动者的品质和作风,那就是坚韧和认真。

　　鲁迅不但是伟大的思想者,而且是伟大的劳动者。"要赶快做起来"是鲁迅常对许广平常说的话;"拼命硬干",是他对中国古代一些志士仁人的赞美。他的内心一直响着这样的声音,他笔名中的一个"迅"字,就是这个意思。他写《过客》中的"困顿而倔强"的过客,不停前行,不管前面是什么,固然主要表现出作为思想者的鲁迅对人生意义和世间光明的无止境的精神求索,即使前面看不到希望,也要进行"绝望的抗战"。同时,这也是他日常的工作状态。他直至病情加重,自知来日无多,快到生命的终点,还是想着"要赶快做",而不管自己是否看得到结果,并且总是做得十分认真、仔细、周到。他认为生命的意义就在这个过程中。他一生都厌恶夸夸其谈,随随便便,敷衍拖沓的作风。而瞿秋白虽然性情、仪态与他不同,但也是这样的作风,所以深得鲁迅赞赏。

　　现在许多人喜欢把瞿秋白描写成一个具有才子风度的人,或者径直称他为"才子",以为是对他的赞誉。对此我是很不以为然的。"才子"在鲁迅嘴里可不是一个好名词。那种"闻鸡生气,见月伤心"、"死样活气"的性情、模样,是鲁迅讽刺的对象。瞿秋白确实富于才情,且温文尔雅,但是他早年起就建立了尽"'世间的'责任"的"人生观",开始了"一天工作十一小时以上的刻苦生涯",对多种学术和人生问题"研究不辍",不肯虚度一日光阴。并且,也像鲁迅一样做得十分认真、细致、周到(除了此时期为了应对王明集团的逼迫有敷衍潦草的检查"错误"的文章之外)。例如前述他与鲁迅第一次书信来往讨论翻译问题后,又一次写了《再论翻译——答鲁迅》。有研究者发现,他对原稿作了七十多处修改,以求更为准确、精炼。他写那篇《〈鲁迅杂感选集〉序言》,从构思到完成,花费了近半个月的时间。有些事例还是鲁迅直接体察到的:鲁迅通过冯雪峰请瞿秋白翻译苏联评论家格·涅拉陀夫为《铁流》(曹靖华已译成中文)作的序言,瞿秋白答应后全力以赴译出,近两万字,准确、流畅。他交稿时还写信给鲁迅和冯雪峰,颇详细地说明他译的序文中的小说引文与曹靖华的译文不尽相同及其原因,信后又引用了一大段曹译文字,让鲁迅参考。还有从瞿秋白第二次到鲁迅家避难期间编《萧伯纳在上海》那件事里,鲁迅亲身感受到瞿秋白工作的迅捷和热情。在萧伯纳离沪当晚,他们两人讨论后即以瞿秋白为主,选(包括译)材料、作注释、加按语、写引言,把上海当天多家报刊对同一个萧伯纳的同一次谈话的不同记载、各异看法包括各种攻击、诽谤、奇谈怪论,巧作编排,再加揭示,使这本小册子成了折射出当时光怪陆离的社会心态的一面"大镜子";后鲁迅作序,再校阅一遍,署"乐雯剪贴翻译并校 鲁迅序"(乐雯即瞿秋白,是借用鲁迅的一个笔名)出版。从编写到出版,不到三十天。在合作写杂文时,鲁迅又一次看到瞿秋白的勤奋和快捷:其中有四篇是瞿秋白在一天里写就的!对于这样的"工作狂",鲁迅怎么会不赞赏且引为同道呢?也许他在与瞿秋白见面之前,已知道瞿秋白的才能和作风,因而当时就急不可待地对冯雪峰说:"我们抓住他!"

鲁迅觉得在这"切迫"的时代,文化斗争和建设上应做的事情太多,但"人手又这样少!"觉得太需要瞿秋白这样的人了。与瞿秋白相遇,是他晚年的幸运,当然也是瞿秋白的幸运。鲁迅得到帮手完成了他本想做的事,并因感染到年轻的瞿秋白的工作热情而平添了一分精神力量。处于内外夹击中的瞿秋白则从鲁迅那里得到那几年里少有的温暖,并获得许多教益,这只要看他与鲁迅合作写的杂文,由于经过与鲁迅漫谈并经鲁迅修改,那些杂文显然比他过去的作品,要深刻和精炼有力得多。紧密的合作和相同的作风,使他们的友谊自然而然地不断加深,并都分外感受到战斗和劳作的愉悦。

都是"绅士阶级的逆子贰臣"

关于鲁迅瞿秋白友谊的形成的深层原因,或许还可以说一点,是在于他们有某种相似的家庭身世。

鲁迅与瞿秋白虽然在自然年龄上属于两代人,但都出身于封建旧家又反叛出来,走到了新的阵营,可以说都是"绅士阶级的逆子贰臣"。鲁迅的祖父和瞿秋白的叔祖(瞿秋白幼时家庭主要靠叔祖的俸禄为生),都是封建官僚,只不过瞿秋白叔祖的官职(官至湖北按察史、布政史)更显赫而已,而到父亲一代都随时代的变动衰败下来。他们都看透了中国封建末世的腐朽,深味了世态炎凉。入世既深,就不同于"各种'薄海民(Bohemian)——小资产阶级的流浪人的智识青年'",有不少相同的社会直感、人生体验,常常会"心有灵犀一点通"。例如在两人见面之前,鲁迅曾送瞿秋白一本《九品中正与六朝门阀》,因为鲁迅当时计划着收集材料,写中国文学史。瞿秋白致信表示感谢,并就此谈整理文学史问题。在这讨论学术问题的长信中间,却有一段看似不甚协调的关于自己幼时家中见闻的回忆。他说他父亲(虽未能为官作吏却有"浙江候补盐大使"的虚衔)在一个大年初一,不知为了什么事情,大发脾气,要"办"一个人,喝令下人拿着他的大红名片把送此人到衙门去打了二十下屁股。这使幼年秋白大为惊奇和反感。瞿秋白是不大可能向其他人包括党内同志谈这类个人经历中的小事的,他一定是觉得鲁迅最能体味他要表达的感受,而情不自禁的吧。又如,在第一次在鲁迅家里避难时,瞿秋白又将他北京求学时期作的一首七绝送给鲁迅,并加上跋:"雪意凄其心惘然,江南旧梦已如烟。天寒沽酒长安市,犹折梅花伴醉眠。此中颓唐气息今日思之恍如隔世,然作此诗时正是青年时代殆所谓'忏悔的贵族'心情也。录呈鲁迅先生"。如果不是遇到鲁迅,这首诗他可能没有机缘写出,而湮没无闻,我们今天也无从看到。瞿秋白为什么将这首诗录呈鲁迅? 因为从广义上说鲁迅也是"贵族",并也早已"忏悔",就是说早已否定"贵族"这个阶层并努力摆脱"贵族"的心情,鲁迅应也有类似的复杂的情感经历吧,因而他可以吐露。他送这首诗,好像是与鲁迅谈心,也与上一年谈翻译问题时一样,像是"对自己说话一样"。不能不说,相似的家庭身世和情感经历,是他们关系亲密的一个比较隐含的原因,虽然不是主要的原因。

另一方面,相似的家庭身世,又使鲁迅瞿秋白留存着一种中国传统文人的文化素养和气质。当然,鲁迅是非常强烈地否定中国专制主义的文化的,终生不渝;瞿秋白也对"皇帝制度"与中国旧式"文人"的习气与知识结构多有批判和针砭。但是他们并不褊狭,并不对整个中国传统文化取虚无主义的态度。他们都曾浸润于源远流长的中国传统文化,后因世界新思潮的洗礼和自身的深刻反思而排除了封建性的因素,但留存了中国传统文化和文学的"固有之血脉",本民族固有血脉中的一些宝贵元素,例如求实的精神、刚健的风骨、高洁的格调,包括对过去一些清雅的艺术形式的爱好,只是两人的深浅程度不同。这也使他们有更多的共同语言,而这些是左翼新人不大能够感应的。例如上述瞿秋白书赠鲁迅旧诗和鲁迅送给瞿秋白对联这类交流,就不大会发生在与那些革命青年的交往之中,鲁迅和瞿秋白对书法、篆刻、笺谱之类的爱好,也不会引起他们多少兴趣。鲁迅和瞿秋白虽然也是现代的急进的革命者,但是他们的精神世界并不局限于眼前革命的政治和理论。而深层的精神文化总是比政治更易占据人的心灵,更易促使心灵的遇合。

我说鲁迅与瞿秋白友谊之"谜",这个"谜",主要不是指他们之间还有多少尚不为人知的交往事实,更不是说他们有什么秘而不宣的利益共谋。我是要说,人的心灵,是比所有可见的事实加在一起都还要广阔深邃的世界。心灵的奥秘来自于人性的多重结构、情感的细微曲折，是探索不尽的。心灵的相通相契同样复杂微妙，尤其是在这样两位杰出人物之间，无法只用抽象的理论、逻辑的推理来破解，也是探索不尽的。

中学语文教材中不能没有鲁迅的作品

现在有几句流传很广的顺口溜，说中学生"一怕文言文，二怕写作文，三怕周树人"。就是说中学生怕学鲁迅的作品，不喜欢鲁迅作品，我认为，这不是事实，这个说法是没有根据的。它扰乱了视听，应当澄清。

顺口溜把鲁迅作品和文言文、写作文放在一起来说，无非是认为鲁迅的作品难懂、难学。实际上，现在的中学语文教材中的鲁迅作品，并不难懂。就上海现行的范守纲先生主编的初中教材来说，鲁迅的诗文共七篇，依次是：《从百草园到三味书屋》、《社戏》、《风筝》、《故乡》、《孔乙己》、《自题小像》、《自嘲》。前五篇，都用孩子的眼光，把孩子的心理、情感，他们的欢乐、苦恼和向往，写得细致入微，生动有味，充满童心童趣。而且都是用纯净的白话写的。现在的初中生是完全能够感受和理解的。其中比较深的思想内涵以至哲理，如"地上本没有路，走的人多了，也便成了路"，学生也是可以深浅不同地领悟的。有个别的用词、句式（如"辛苦展转"、"辛苦麻木"、"辛苦恣睢"），与现在的普通话的习惯不大一样，学生读起来会感到有点晦涩，但实际上构不成多大障碍。后两首旧体诗，与教材中的许多古代诗文相比，也不算难，而且这两首诗，脍炙人口，不少初中生原先已有印象，听到过"风雨如磐暗故园"、"横眉冷对千夫指，俯首甘为孺子牛"的诗句，因此并不难接受。

初中的教材没有选鲁迅的杂文，高中的教材中选了几篇，如《未有天才之前》、《拿来主义》和富于杂文色彩的《为了忘却的记念》、《白莽作〈孩儿塔〉序》等。鲁迅的杂文由于写作背景比较复杂，语言表达曲折、含蓄，思辨性强，观点深刻，理解上是有一定的难度的，但是我们不能把中学生尤其是高中生的感受能力和理解能力估计太低。我从2001年以来，一直在编上海的高中语文教材，听过一些课，开过一些座谈会。我亲耳听到有一位高中生说，鲁迅的文章好像是在写现在，好像是针对现在说的，认为鲁迅的文章有预见性、前瞻性。例如《未有天才之前》中关于如何对待"国学"的问题、如何对待幼稚的青年的问题,认为鲁迅说得好,今天也适用。学习能力强又很敏感的高中生,希望读到像鲁迅这样有思想深度的文章,他们并不是只喜欢文化快餐、游戏娱乐,他们希望自己也能深刻起来。反过来说,我没有听说过有多少学生反感,一点也学不进去。

当然也有中学生觉得鲁迅的作品难懂。但我相信,由于鲁迅的作品,都出自真情真意,不讲假话,许多描写和议论,亲切而又犀利,直抵人性的深处,而且至今仍具有时代感,因而,只要教师能够深刻理解和把握,深入浅出地讲解,循循善诱地与学生讨论,都会得到学生的欢迎和喜爱。

不能因为有的中学生说鲁迅作品难懂,而泛指一般中学生怕读鲁迅的作品。中学生"怕周树人"的说法不符合事实。

我认为,根据现在的中小学语文的课程标准关于中学语文的主要特征和教学目标的规定,中学语文教材中鲁迅作品不能或缺,还应当适当增加。

无论是全国还是上海的中小学语文的课程标准,都明确指出,中小学语文课程的主要特征是"工具性和人文性的统一",培养与提高学生的语文运用能力和人文素养,是语文教学的目标。并且大家公认,在高中阶段,更需要在这种统一的前提下,注意教材的人文含量,注意提高学生的人文素养。怎样体现"工具性"?是要让学生在遣词造句、谋篇布局、写作手法等语言和形式方面,获得实际的运用能力;怎样体现"人文性"?就是要引导学生懂得人生的意义、生命的价值,提高道德品质、审美情趣和审美能力;此外,上海还强调加强民族精神教育,了解和传承优秀的民族文化传统。

而鲁迅,他的许多作品,在很高层次上达到了这种工具性和人文性的统一,中国其他现代作家没有能够达到他那样高的水准。我编写高中语文教材,必须广泛阅读各家作品,反复进行比较、选择,我在这个过程中,更具体地、深切地体会到,鲁迅作品的语言准确、精炼、生动,篇章结构严谨而又灵活,写作手法多样、新颖;鲁迅作品的思想情感博大、深刻、丰富、意味深长,这些都明显地在众人之上。当然,任何作家都有局限性,鲁迅在题材、社会视野上也有其局限(如曹聚仁说鲁迅主要接触"小资产阶级知识分子"中的文人,主要熟悉他原来所属的阶层);而且,艺术风格没有高下之分,选课文需要尽可能多选不同的作家作品,呈现多种风格,以利于学生发展各自的个性。但是,就鲁迅作品有很高的艺术水准来说,就鲁迅作品的思想内容总是涉及重要的人文主题而且非常深刻来说,语文教材决不能排除鲁迅的作品,并且必须有一定的数量。否则,可以说,我们的语文教学的目标就不能很好实现。

语文教学的人文性、工具性，都不是空洞抽象的概念。探索和追求人生的意义、生命的价值、道德情操和审美境界，是人文性的基本内涵，而它又包含一系列人们公认的具体的内容。现在编写中学语文教材，为了体现人文性，一般都选择一些重要的人文性内容，概括成主题，用几篇课文组合成单元，来加以体现。这样，如果一个单元中没有具有代表性的有分量的文章，这个人文内容主题就无法得到比较全面和深刻的体现。为了体现一些单元的主题，往往就不能不选鲁迅的作品。例如我们的教材中有一个单元是"为理想而斗争"，我们选了三篇：恩格斯的《在马克思墓前的讲话》、鲁迅的《为了忘却的记念》和马丁·路德·金的《我有一个梦想》。第一和第三篇是各代表一个时代的外国人的文章，但应当有我们现代中国的代表作，我们觉得上世纪三十年代鲁迅写的《为了忘却的记念》，是最合适的文章了。当然，中国现代有不少能体现这个主题的文章，但它同时应当在"工具性"方面有示范意义，而这很不容易找。再如有一个单元叫"文化的制约与创造"，意思是人类创造文化，文化反过来制约人类，人需要在制约中创造。比较复杂。我们选了鲁迅的《拿来主义》、汪曾祺的《胡同文化》、葛兆光的《唐诗过后是宋词》和中国社科院研究员于沛的《经济全球化和文化多样性》。这些文章都是好不容易选出来的。而很明显，鲁迅这篇是最主要的，如果去掉后面三篇的任何一篇，这个单元还是摆得住的，鲁迅的这篇不能去掉。因为鲁迅是讲比较广阔的文化领域中，中国人应当怎样对待文化制约、怎样进行文化创造，使自己成为新人，讲得十分全面、深刻。他说我们不能以自己的古代文化遗产丰富而自傲，欣欣然躺在它身上，有改变、发展。对那些流传下来的文化成果，不必拿来炫耀，而要"或使用，或存放，或毁灭"。有的还有养料，可以像萝卜白菜那样吃掉；有的像鸦片，避免它有害的一面，取它有用的一点，用来治病；有的可以用来认识历史，送进博物馆；有的则要毁灭，如用来抽鸦片的烟枪、烟灯和娶姨太太的腐朽生活方式。尽量摆脱它们对中国人的生存和发展的制约。文章提出，我们要生存、发展、前进，必须吸收外来的先进文化，进行改革、创造，从而使自己成为新人。他讲得很深刻，并且今天仍然有很强的现实意义。文章又写得非常生动、形象、尖锐，能给人留下很深的印象。许多主题相关的文章，包括于沛的《经济全球化和文化多样性》，是写当下的，说的面也宽，但不如鲁迅这一篇思想深刻、观点鲜明、表达生动。如果去掉这一篇，这个单元就好像倒了顶梁柱，撑不住。

　　课本中有的单元，是由体裁或某一重要的美学范畴来组合的，更须兼备人文性和工具性。在这方面，有时候也少不了鲁迅。如我们编写的教材中有一个单元叫"书话与书评"，我们选了三篇，把鲁迅的《白莽作〈孩儿塔〉序》放在第一。书评，粗粗一想，是容易找的,但大多写得平板、落套,尤其是中国人写的书评。而《白莽作〈孩儿塔〉序》,篇幅短小,却感情洋溢,行文波澜起伏,评价的语言如诗如歌,却又完整地包含书序的要素:交代出写序的缘由、与作者的关系,写作的背景和作品的主要内容、价值与意义。选了这一篇,"书话与书评"单元就有了光亮,就对学生有了吸引力。还有一个单元是"文学作品中的典型",我们选了三篇:鲁迅的《阿Q正传》节选(《优胜记略》和《续优胜记略》两章),莎士比亚的《哈姆雷特》节选(第三幕的第一场和第四场)和契诃夫的《套中人》。"典型"原是西方文艺理论里的概念,在西方文学中著名的典型人物较多,要让学生们了解,选了两篇西方作品是很必要的。但中国就没有成功塑造了典型人物的作品吗?我们选了《阿Q正传》,大概谁都会承认,在典型创造上,中国的现代文学作品,无出其右。就是说,不能不选这一篇。

拓展型课本侧重于分析文学作品的艺术形式,在我主编的一套拓展型课本中,其中一本是《现代文学作品阅读与鉴赏》。在这本教材中的小说部分,我们选了中外优秀短篇四篇,第一篇也是鲁迅的作品:《祝福》。因为我们觉得在这篇小说中,小说的三个要素——人物、情节、环境相当完美地融合在一起,很好地呈现出一般小说的审美特征,具有典范性。这也是根据语文教学的目标,而不是故意为之,硬要突出鲁迅。

我为什么要这样反复强调中学语文的特征和教学目标,要这样具体地叙述中学语文教材编写和教学的实际状况?我是要回答现在一些人对鲁迅的成见。现在社会上、文化界有一股贬低甚至反对鲁迅的思潮,有一种对"文革"利用鲁迅的文章宣扬极左观点的逆反心理,他们认为中学教材中鲁迅作品较多,一定是因为编写者还没有摆脱"文革"政治的影响。这完全是凭空想象。譬如,我们选入小说《祝福》,根本不是因为"文革"中有的分析文章说它印证了毛泽东关于封建社会"四大绳索"的论述,而着眼于它对一般短篇小说美学特征的完美呈现。

中学语文的特征和教学目标,决定了中学教材中势必会有一定数量的鲁迅作品。这是语文学科和语文教学的需要,也是整个思想文化领域实现现代化的需要。也就是说,不是鲁迅需要我们宣传,而是我们需要鲁迅支撑。以上对中学语文教材和教学实际的很具体的叙述,可以以小见大,实实在在地证明,鲁迅在我国以至世界上,是无法贬低的。鲁迅的精神文化遗产,对于中国人的人文素养的提高、现代性观念的形成,是至关重要的。而社会的现代化,主要是人的观念的现代化。鲁迅当然不是至善至美,但他是一个文化伟人,是一个具有深刻的现代意识的、坚持启蒙主义的思想家。有些人抓住并夸大他的什么"脾气"进行攻击,希望以此出名或抬高自己,实在非常无聊。

在中学语文方面,有些人不断传播中学生"怕周树人"的顺口溜,除了存在鲁迅作品比较难懂的真实想法之外,与社会上贬低和反对鲁迅的思潮也是相关的。

人文性的体现有一个重要方面,那就是传承民族优秀文化传统。我认为,我们民族的有两个文化传统,一个是古代文化传统,一个是五四开始的现代优秀文化传统。这两个传统有历史的联系,但也有很大的区别。五四以来的现代文化传统,是以民主、科学、人权为核心观念,以人的解放为终极目标的新的文化传统。我们不能只讲传承古代的优秀文化传统,不讲继承和发扬五四以来的现代文化传统。而鲁迅,是我国五四以来现代文化传统最杰出的代表,需要从他的作品里吸取许多东西。这几年来,几乎与贬低和反对鲁迅的思潮同时,一些人夸大五四新文化的缺点,说它割断了中国优秀的文化传统。这个现象很值得深思,也需要我们的中学语文界警惕。我认为,虽然语文教材中需要有较大的作家面,但就需要继承五四以来的现代文化传统来说,对鲁迅的作品还要有更多关照,在一些重要的人文主题单元中,还可以选几篇鲁迅的佳构力作。他的作品还应当有所增加。

对现在的鲁迅作品的教学,我提两点建议。

第一,贴近时代,贴近(不是迎合)当下的社会心理,贴近学生内心情感的需要。教学中如注意这三个贴近,加以引导,学生对鲁迅作品的内涵就比较容易理解。鲁迅的很多文章,包括选入语文教材的鲁迅的作品,它们所表达的思想、情感、愿望、主张,很多是与今天相通的。鲁迅批评的一些社会痼疾,特别是封建专制主义思想、宗法观念、等级观念,在政治生活中,在市场经济体制运行的下面,在日常的人际关系的各方面,还顽强地存在。但现在缺少批判,或者不如鲁迅的批判深刻。例如《风筝》,写他当年撕碎弟弟玩的风筝,踩在脚下,后来沉痛反省,认为是对幼者的"精神虐杀"。如果引导得法,鲁迅这一自我谴责,会与今天的青少年学生的"心灵放飞"、人格尊重的精神需要呼应起来。目前有不少人说,鲁迅的作品离现在已很"遥远","与今时代脱节",因而就不受学生欢迎。我不能不说,这个看法是很肤浅的。带着这样的观念来讲鲁迅作品,势必影响学生,使之形成阅读的心理障碍。如果说鲁迅的作品距今遥远,那么,教材中的以及一些学生在课外阅读的上世纪二三十年代的现代作品,就不遥远、就不与时代脱节了?难道我们的学生只需要读当下的作品?要知道,鲁迅与我们同处于"现代",鲁迅是我们的同时代人。他的作品中批判的、针砭的不少问题和现象,目下仍然存在;他要求"理想的人性",向往人的解放的目标,是"今时代"的许多文化和文学作品所缺乏、却是整个现代需要坚持的理想。鲁迅在作品中具体表达出来的许多美好的情感

（友情、乡情、亲情、爱情等），以及种种活泼可爱的生活情趣、高雅不俗的审美意趣，都十分动人，并且常常写得很有趣。只是这一切不像一般现当代作家表达得比较浅露，需要我们引导学生去深入发掘，细心领悟。

第二，切实地从鲁迅作品的文本出发，让鲁迅作品自身的魅力吸引学生，感染学生。真正优秀的作品，不是靠评论家的肯定而获得读者的，也不会因为评论家的歪曲和贬低而失去读者，炒作只能作用于一时。一般的朴实的读者，包括率真的青少年学生，总是直接面对作品，去感受它们，理解它们。我们老师也应当这样。我们当然要看各种参考书，以得到帮助和启发。但不要因此先入为主地形成一种观念，形成某种理解的框框。参考人家的评论以后，还是要回到鲁迅的作品自身，让文本说话，唤起自己的鲜活的、个性化的感受和看法，不要在讲一点具体文意时，大而化之地去印证一些很大的观念，如"革命家"、"硬骨头"、"民族魂"等等。更不能赶时髦，为当下一些议论所左右。这几年来不断有人喋喋不休地说鲁迅喜欢骂人，尖刻，不宽容，等等。如果在这种声音的干扰下，对鲁迅的作品心存疑虑，就不能冷静地潜心解读和体会了。至于有的语言"特别"，只要合乎语法，对于丰富学生的语言表达是有益处的，应该去理解、鉴赏而不是排斥。此外，鲁迅是个学问家，知识渊博，他的作品尤其是杂文中常常包含着不少知识，确会形成难点。但我们语文老师在教学时不要把兴趣放在抓细小的知识点上，像孔乙己讲"回"字有四种写法那样，以致影响学生对鲁迅作品的意蕴的整体感悟和把握，离开了培养学生语文实际运用能力和提高人文素养的教学目标。即使讲知识，也不要离开文本，扯开去。例如阿Q究竟是念阿桂还是别的什么念法，不必多讲，文本上最后说是"阿Q"，就念阿Q，一切以鲁迅的文本为准。否则学生和一般人，就无法阅读经过许多评论和考证的文学名著了。进行详尽研究和考证，不是中学语文教学的任务。

身体力行"五四"精神

　　王元化先生如钱谷融先生所赞美的,是"充满探索精神的人","他无论谈什么问题,都要穷根寻柢,究明它的来龙去脉,然后一空依傍,独出心裁,作出自己的判断"。他近年来对五四新文化深刻的反思,就是如此。王元化认为"五四"有其缺点和局限,如存在庸俗进化论、激进主义、功利主义和意图伦理等观念和情绪,这些不应当沿袭,而应当否定。他对五四新文化的这些评论,见解独到,发人深省,给人留下很深的印象。但同时,他对五四新文化的主要思想成就,又是充分肯定、热情赞扬的,并且与众不同地指出了它的重要特征,进行了深刻的阐述。他在八十年代《再谈"五四"》、九十年代《对"五四"的思考》等文章和谈话中,一再强调:"'五四'的个性解放精神,人道精神,独立精神,自由精神,都是极可贵的思想遗产,是我们应当坚守的文化信念";"'独立的思想和自由的精神',是'五四'文化思潮的一个重要特征",对此应当"大书特书"。

　　个性解放是对欧洲近代以来的个人自主自由思想的一种提法,是五四新文化运动对中国青年的普遍号召。最早提出个人自主自由要求的,是陈独秀。陈独秀在《敬告青年》这篇新文化运动发难之作中提出"六义",第一义就是"自主的而非奴隶的",要求中国人"脱离夫奴隶之羁绊,以完其自主自由之人格"。不久在另一篇文章中又说:"社会进化,因果万端,究以有敢与社会宣战之伟大个人为至要"。李大钊("振其自我之权威")、胡适("需要充分发展自己的个性")、周作人("个人主义的人间本位主义")、鲁迅等新文化运动的倡导者和中坚力量都纷纷应和。其中,鲁迅说的特别深刻,他在五四前的1907年就提出要"重个人"、"发挥自性"、"重独立而爱自由",五四时又主张"个人的自大"。"独立的思想和自由的精神",则是个人自主自由主张在思想学术领域里比较准确的表达。这最早出现在1919年4月13日《每周评论》(与《新青年》紧密切配合的重要学术与时政评论刊物)上陈溥贤一段言论中。陈溥贤是与李大钊关系密切的、最早传播马克思主义学说的学者之一。陈溥贤说："学问独立，思想自由，为吾人类社会最有权威之两大信条"。后来，陈寅恪在为王国维写的纪念碑铭中称赞王国维有"独立之精神，自由之思想"，赞语的涵义与陈溥贤所说相同。王国维、陈寅恪并非新文化圈中的人，而同样强调学术上的个人自主自由，可见个人自主自由是五四时期的时代精神，也就是王元化所说，是五四文化思潮的重要特征。

为什么说个人自主自由是五四新文化的主要思想成就、重要特征？王元化指出，个性解放之所以重要，是"因为中国传统中最大的问题就是压抑个性"。也就是说，这个思想是针对中国封建社会和皇权社会中的宗法等级和专制主义对个性的压抑的，对个性的压抑是中国旧传统中最大的问题，提倡个性解放才能开创出现代新文化、新时代。王元化在评价"五四"最响亮的口号"民主"和"科学"时，也深入触及"五四"主要成就、重要特征问题。他表示不同意"民主"和"科学"是最重要的五四思想这个流行的观点。他说不能"用德赛两先生来概括五四文化思潮"，"真正可以作为'五四'文化思潮主流的是不是民主和科学还值得探讨"，人们对这两个概念"并没有深入的认识，在理解上是十分肤浅的，仅仅停留在口头上"，"这也是近八十年来民主和科学一直不能实现的原因"。那么，怎么深入认识、理解民主和科学呢？什么是五四文化思潮的主要成就、重要特征呢？他认为，"民主"、"科学"以至另外两个口号"人权"和"法治"的内核，是个人自主自由，或者说民主、科学等是以个人自主自由思想为基础的。个人自主自由思想才是主要成就。因为，只有肯定和重视个人的地位、价值、力量和自由要求，才会真正把人民当作国家的主人，才会赋予每个公民对国家公务发表意见、进行监督的权利和责任，真正实行民主；否则，常说的"人民当家作主"，是一种"高调民主"无法实现。反过来说，李大钊深刻指出，"德谟克拉西，原是要给个性亦自由发展的机会"，发展个性是实行民主的一个重要目的。而科学的发展和繁荣，也只有肯定和重视个人创造的精神巨大作用，才能做到，这是科学发展的动力。离开个人自主自由的思想，对民主和科学的理解必然肤浅，也不能真正实现。

但是由于中国的封建社会和皇权社会的历史十分漫长，旧传统中的宗法等级观念和专制主义思想根深蒂固，而五四新文化建设历时很短，尚不成熟，因而个人自主自由的思想在五四以后备受阻遏和打压。这是一方面。另一方面，也因为一般人对个人自主自由思想存在简单的、片面的理解，往往把它与国家、民族、革命团体的利益、力量和作用对立起来，甚至把它与个人利己主义相等同，害怕它对社会群体产生破坏作用，所以不能深入人心。他们没有认识到个人自主自由原则，是把个人的作用和对社会的责任联系在一起的。黑格尔说个人主体性，既是"个体都自命不凡"，同时又要"对自己的所作所为负责"。胡适在五四当年也说："发展个人的个性须要有两个条件：第一，须使个人有自由意志；第二，须使个人担干系，负责任"，亦即同时要对社会负责，对历史负责。但是一般人对此没有很好理解，充满疑虑。因而在中国，个人自主自由的思想原则没有能够释放出它应有的推动人和社会现代化的巨大能量。

在把握和践行个性解放、独立的思想和自由的精神亦即个人自主自由思想原则上，王元化先生是很值得我们学习的。他作的"三次反思"，就是证明。他深入检讨、反省四十年代以来思想学术界的"左"倾教条，不断使自己挣脱出来。在这个过程中，他从哲学思想的高度上，批判了"同一哲学"，认识到"独立自在的个性，有些方面不可能被普遍性所涵盖，或统摄于其自身之内的"。他进行三次反思，就是对五四新文化个人自主自由思想的坚持，对自己的独立个性的尊重和高扬。他特别说到他在思考时，"不是借助别人的看法"，而进行"个人的思考"。表现出很强的个人主体性。王元化还多次表示他赞成胡适当年说的"不趋附时髦，也不躲避危险"，这种品格则是对社会和历史负责的表现。就是说，王元化既充分发挥他个人的自主性，坚持进行个人自由的思考和写作，又对自己的言论负责。陈独秀说要"完其自主自由之人格"，王元化先生对此身体力行。这正他是能够成为真正的学者，对中国当代的思想文化建设作出重要贡献的原因。

辑

七

文学的力量

文学： 对现实生存的精神超越

　　我们为什么要读文学作品？也就是说，文学对于我们有什么意义？大家可能没有想过这个问题，但我认为是一个需要思考的问题。我先谈不是为了什么，然后讲是为了什么。

　　读文学作品，就整个社会来说，不能用来提高粮食产量、钢铁冶炼水平，增加物质财富；就个人来说，不像学外语，不像学理科知识、工科技能，不能获得自己谋生和报效国家的实际本领。对于中文系的同学，好像是学一种本领，有实际功利性，但如果真的当作一种本领、一种工具去学，是学不好文学的，永远也不能真正走进文学的园林，只能做一个语文方面的教书匠之类的人。也许有人会说，读文学作品可以提高语言表达能力，而语言表达能力是一种很有用的实际本领。这话有一定道理。孔子就说过："不学诗，无以言"，学诗、读文学作品可以提高语言表达、应对的能力和效果，有实际社会作用。去年（2004 年）台湾陈水扁扬言要在 3 月 20 日举行"台独"的所谓"公投"，此前我们正当"人大"开会，记者招待会上有记者问温家宝总理的看法，温总理主要以丘逢甲写于 1896 年的一首诗《春愁》作答："春愁难遣强看山，往事惊心泪欲潸。四百万人同一哭，去年今日割台湾。"回答得婉转而有力。但语言表达能力不是读诗、读文学作品的主要目的。温总理念出这首诗，主要是因为这首诗表达的海峡两岸人民的共同义愤和一定要收复台湾的决心，今天仍然能够产生强烈的共鸣，并且表明中国人从来如此，因此脱口而出，这决不单纯是语言表达的问题。如果仅仅为了积累外交词令，作为工具对待，就不会这么恰如其分地引用。所以说，阅读文学作品不是从实际功利出发的。

　　读文学作品，也主要不是为了认识社会和历史。文学作品有认识作用，但不是主要的。要认识社会和历史及其规律，一些人文社会科学论著，如历史学的、政治学的、社会学的、法学的、伦理学的、政治经济学的等等著作和论文，讲得更全面、更清晰、更准确。譬如说，食指有一首诗——《相信未来》："当蜘蛛网无情地查封了我的炉台，当灰烬的余烟叹息着贫困的悲哀，我依然固执地铺平失望的灰烬，用美丽的雪花写下：相信未来。……"这是1968年作者当"知青"时写的，从中只能看到那个狂热的"文革"年代下乡知青的环境和生活的模糊影子，社会的一个很小的角落，所写的也好像只是"我"一个人。如果要了解那个"文革"开始阶段的历史和下乡知青的整个状况，如知青运动的发生、知青的地区分布、身份分类、生活状况、艰苦的环境和一般心态等，有很多相关的书籍和资料，它们叙述得很全面、清楚。

确实有人，如后期的正统儒家，特别是宋明理学家，认为看文学作品没有意思。如程颐说：作文"害道"，"能诗无如杜甫，如云'穿花蛱蝶深深见，点水蜻蜓款款飞'，如此闲言语，道出做甚？"就是从认知和究理的角度看，觉得文学作品没有一读的价值。前些年，报纸上经常议论不少企业欠账不还的问题，不止一个人扯到《白毛女》里的杨白劳不还黄世仁的债，认为杨白劳就是不对的，理亏的。我想这些人一定不是文学读者。且不说那个时代的地主与佃农的关系是否等同于现在的企业之间的关系，文学本来就不旨在解释具体的社会现象，作出科学的回答、理论的判断，不在于究理、传道。文学关注的是人的命运和情感世界。真正的文学读者是不会作这样的联系的。

总之，读文学作品，不是为了实际功利，也主要不在于认识社会。那么，人为什么要读文学作品呢？

读文学作品，一是为了获得深层次的审美愉悦，使精神超越现实生存。

让精神超越现实生存，是人尤其是知识分子的内在需要，只是自己不一定明显意识到；而阅读文学作品可以满足这种需要。我这里指的是优秀的文学作品。宋代黄庭坚说："三日不读汉书，便觉俗气逼人。"因为《汉书》富于文采，古人把它也看作很好的文学作品。还有古人说："腹有诗书气自华"，也是这个意思，认为读文学作品可使人不"俗气"，有"气质"。黑格尔说："审美带有令人解放的性质"，我们确实能够从优秀的文学作品里找到平淡的、琐碎的、充满利害考虑的现实生存中没有的美，即使只是寻觅到一点点旷远、悠长的诗意、韵味，也能引起对美好、高远的情感和境界的向往，产生一种解放之感，自由之感，使精神超越现实生存。我们常说"令人遐思"、"心灵放飞"，就是进入了这种审美境。这种境界，我们在旅游等活动中也会产生，但是读文学作品，沉浸进去，所获得的审美愉快要深刻得多。

超越，也就是"不满"，超越现实生存就是不满于现实生存状态。有两种超越，两种"不满"。

一种是对现实的批判和否定。如巴尔扎克的《高老头》、《欧也妮·葛朗台》，暴露十九世纪法国上流社会人与人之间赤裸裸的金钱关系，暴露贵族、资产阶级暴发户在"钱可以买到一切"的信条下的尔虞我诈，他们的贪婪和冷酷。又如鲁迅的《阿Q正传》揭示中国近代社会国人自欺欺人的精神状态，指出辛亥革命实际上的失败。而这种现实的否定，会反过来激起我们对正常的、健全的、美好的社会和人性的肯定和向往，也就是对现实生存的精神超越。

另一种不满，是"不满足"，要把现实生存向上提升。如朱自清的《荷塘月色》、徐志摩的《再别康桥》等等。前者第一句"这几天心里颇不宁静"，就是对当时的日常生活有所"不满"；然后一个人独自到荷塘一带走走，看看，心里涌起了许多诗情，产生许多美的联想，一直想起了过去的遥远的江南女子采莲嬉戏的热闹景象，内心愉悦，宁静下来。后者表达对自己生活和学习过的康桥（即剑桥）的惜别之情，一种依恋难舍的感情。在他心目中，康桥景色、氛围是那么美好，但是要离开了，于是充满温柔而感伤的情绪，如结尾一节："悄悄的我走了，正如我悄悄的来；我挥一挥衣袖，不带走一片云彩。"对康桥的依恋，包含着对凡俗世界的不满，希望康桥这样的美好景色和氛围永驻心间。他写诗表达对康桥的依恋，是要在自己心里保护住这份美好。这种保护，也是对现实生存的超越。为什么？因为现实生活中存在着太多的不美，还有灰暗和污浊，尤其在他那个时代是这样。而且美好的东西总是短暂的，转瞬即逝。文学作品就想把它保护起来，留驻永远，而这在现实中是不可能的，如俗话说"花无百日红"、"红颜易老"、"美人迟暮"等等。所以保护也是超越，超离凡俗的羁绊。当然，在不少作品里，两种"不满"兼而有之。

两种不满，都是对实际的现实生存的超越。把这种种不满写出来，使我们得到审美的满足，这就是文学，这就是艺术。

从作者方面来说，作者对现实生存的不满和不满足，易于写出优秀作品。古人说："欢愉之词难工，愁苦之言易好。"古人还说："赋到沧桑句便工。"悲剧性的作品往往因为不满的深刻、超越的艰难，而具有更高的审美价值，如《哈姆雷特》、《雷雨》等等。我们同学常写文学性散文，有的还写小说，实际上也是表达对自己的现实生存状况的不满，也是一种是批判性、否定性的，一种是向上提升性的，也都是为了得到精神超越。第一类"批判"性的，如写沉重的课业负担、呆板的教育体制、与家长难以沟通、同学矛盾引起的烦恼等等。第二类提升性的，如写日常生活中的哲理性思考、写对自然风物的诗意感悟、写少男少女的朦胧恋情等等。而不少同学意识到"愁苦之言易好"，所以比较喜欢写"痛苦"心情，以致"为赋新词强说愁"，无病呻吟。但无病呻吟不是真情实感，写出来并不是好文章，这个道理，后面再说。

现实中的人，受自然、社会、精神文化传统的各种限制和制约，是不自由的。杜甫曾叹息"身欲奋飞病在床"；苏轼把酒问天，感叹天上、人间都难得自由、圆满。而自由却是人固有的追求。马克思说："自由的自觉的活动"是人区别于动物的"类特性"，是人的本质。正是根据人对自由的固有追求和向往，《共产党宣言》里指出将来的共产主义社会将是自由发展的个人的联合体；恩格斯说，到那时候，人将"成为自己本身的主人——自由的人"。实现人的现实的自由状态（完全认识"必然"和按此改造世界），需要以生产力和经济的高度发展为前提，对全人类来说，有漫长的过程，我们可能一代又一代地还不能达到现实的自由状态。然而文学的审美是人的自由自觉活动的特殊方式，可通过形象化的创造，让人的生命力从种种实际的限制中解放出来，在精神上不断接近这个目标，即所谓"虽不能至，心向往之"。我们应当有对自由精神和完美境界的追求和向往。有这个向往或没有这个向往，无关乎实际功利，但它不是空的，它对于养育健全、美好的人性，对于丰富和发展人的本质力量，是很重要的。这就是文学对于人的意义，这就是我们要阅读优秀的文学作品的理由。

读文学作品，二是为了探索人性，认识人，认识自己。

文学超越人的现实生存，还表现在它主要不在于摹写现实世态，而是表现人的心灵。

优秀的作品一定都进入到人（作家本人和他笔下的人物）的心灵，人的精神世界的深处，探幽索微，探索和表现他的幽深、微妙的内心世界，写出心灵的真实。如果作家对一个人心灵的探测和表现达到一定的深度，那么一定会表现出某种普遍的人性，加深我们对人的认识，引起我们对人性的思索，有新的发现。我是人类中的一员，因而也从中看到了自己。这时，可能会因发现自己的缺陷或现实的限制而痛苦，但同时也会因为对人有新的认识和发现，而产生审美的愉快。

例如阿Q，鲁迅非常具体、生动地描写他的种种言行，都是为了表现他的精神状态；有时也直接写他的内心活动。鲁迅非常深刻地写出了一个独特的人物。而由于写得独特而深刻，因此从这一个人身上表现出当时中国人一种普遍的精神面貌、国民性特点，当时一些人读《阿Q正传》，"栗栗危惧"，认为是在讲自己。就是到了现在，我们不是仍可以发现自己身上有着阿Q的精神胜利法和种种奴性吗？阿Q身上甚至表现出人类的共同弱点，据说罗曼·罗兰读了《阿Q正传》，感动得流下了眼泪，说法国大革命中也有这样的人物。也正因为《阿Q正传》反映出人的一般本性，所以在他身上也有着对"自由"的向往。你看他在被绑赴刑场的路上，忽然想到曾在山脚下遇到的饿狼两只鬼火似的眼睛，好像要穿透他的皮肉，咬他的灵魂。这表明这个十分愚笨、麻木的人，最后也感觉到有一种压迫、摧残他的精神力量，产生了恐惧感，这种恐惧感，隐含着要从精神压迫和摧残下解放出来的要求。这是《阿Q正传》中很值得注意的一笔。

再如冯骥才的《高女人和她的矮丈夫》，写"文革"中一对患难夫妻之间的深情和小市民的嫉妒、猜疑等猥琐心理，也触及了一种普遍的人性：人的真诚、高贵和人的卑琐。我们为那对夫妇的精神高贵所感动，同时鄙视裁缝老婆等小市民的低俗，这都使我们超越一般现实生存状态，提升了自己的精神境界。

那么，优秀的文学作品为什么能进入人的精神世界深处，表现出人的一般本性、普遍人性？这是因为文学作品总是写具体的、个别的人，而不是写群体的人。群体的情志其实是很难把握住的，直接写群体心态，一定会写得很空泛，很浮面；写个别的人才可能写出人的内心的真实，并由此触及某个群体的共性。不过，要写出一个人的真实的个性，需要对许多人有深切的观察、体验和感悟，并且把自己的体悟忠实地表达出来，不要有所顾忌，不要虚假。有深切的体悟，就不会停留在皮相，可看到人的本质的真实；作忠实的表达，就一定能写出独特的、个性化的人（包括作者在内），写出真正的"个别"，因为人与人本来就是不同的，"人心不同，各如其面"。现在有的小说模式化、雷同化，就是因为体悟不深切，表达又不忠实于自己的感受，甚至把别人的感受当作自己的感受。因此，如果写文学作品，要学习语言和技法，更要努力做到体悟深切、表达忠实这样八个字，不要无病呻吟。

然后我们来谈文学对社会的认识作用问题。我们前面说读文学作品主要不在于认识社会，这里要说它也有认识社会的作用这一面，但要说它是如何实现的。

文学作品对社会的反映，是通过人的心灵的折射，而不是直接的。它没有人文社会科学论著那么全面、清楚，然而能够写出社会的"心灵"，一个社会的深层精神问题，因而"反映"得更深刻，并投下浓重的社会面影。这是因为个体人的心灵、精神世界，他的个性，除了生物性的遗传因素之外，主要是在多种社会关系、复杂的社会矛盾和精神文化传统的制约与磨砺中形成的。例如王安忆的《长恨歌》，用细腻而犀利的笔触，描写出身弄堂平民家庭、四十年代当上"上海小姐"的王琦瑶的的生活方式和情调，与男性的情感纠葛和坎坷的命运，而折射出四十年代以来上海社会的一个侧面，反映出上海一般市民的心理和时代的变化，那些年代的精神问题，比一般写上海历史的书籍的叙述显得更真实。同时,作家为了写好人物的个性和命运,也要有意识地观察、了解、研究并描写那个时代有关的经济、政治和社会矛盾状况,这些也有社会认识作用,而且因为文学叙事的生动、形象而给读者留下深刻的印象。

读文学作品,还可以在与大众文化对照中加深对文学审美特性的认识。

现在,以电子媒介为载体的大众文化作品,尤其是影视图像、通俗电视剧、卡通漫画、广告和书籍的图画版等等,铺天盖地。它们冲击着传统的书写和印刷形式的文学作品,广泛地进入到大众的日常生活之中。现在许多人不读文学作品,只看这些。不少小说、流行杂志也向它们靠拢。如小说追求视觉效果和曲折离奇的情节,以期改编成影视剧,快速成名获利。因此现在被称为影像时代、读图时代。这是高科技和市场经济发展条件下必然出现的情况。

影像作品的特点是充满感性、直观的形象,新鲜,漂亮,刺激,具有瞬间性,直接作用于感官尤其是"眼球"即视觉。制作者讲究"可看性",小说家也跟着注重情节等外在的东西。它们不触动人的内心深处,没有精神深度,只供人娱乐、休闲,让人眼睛一亮,轻松一笑,或一阵惊奇,激起身体感官尤其是视觉的快感,文化水平很低的人也可以接受、享用,并且毫不费力。这些大众文化作品不会引起观众、读者深刻的人生体验、人性探索和超越性的思考。它们已替你对社会人生作了某种单纯的评价和判断,让你跟着它走,被它同化。

再回过头来看书写、印刷形式的文学作品,更可认识到它的审美特性、精神超越性。与影像作品相比,文学作品以语言文字为媒介,不受那些具体物质材料的限制,并可反复探究、玩味;而且文学语言不同于实用语言,含蓄,多义。这样,如前所述,它可以自由表现无限广阔、悠长的时空和种种复杂的事物,可以进入到人的深邃、微妙的内心世界中去。读者可以充分发挥精神主体性,进行自由的想象和联想,生出难以言传的、细微的、缥缈空灵的思绪。而影像艺术只给你图像,意蕴单薄,审美空间很小,阻断了你多少广阔、美丽的想象和诗情。不是说有一千个读者就有一千个哈姆雷特吗?这时则只有一个了。

当然,看看影像等大众文化作品,也是很好的,很舒服的,可以娱乐身心;并且有的还是具有文学性的。反之,文学也可以借鉴影像的某些技法,使之更生动、更有现场感。但是作为大学生,我们不要沉溺其中,我们要有更高的审美趣味、审美要求。除大众文化作品之外,要抽时间读几本经典的、优秀的文学作品,获得高层次的审美享受,丰富自己的感情,深化自己的精神世界,养育健全、美好的个性,超越俗庸。

文学的社会性与写作的个性化

　　世纪之交以来,我们的文学批评界里的不少人士纷纷转向"文化研究",是明显的事实。这一方面是因为他们认为文化研究的理论和方法,能更有效地对社会和文化现实的变化作出反应,尽到知识分子的社会批判责任。另一方面,也是因为他们失望于文学的现状,感到在自己熟悉的文学领域里,看不到多少现实的社会和文化内容,难以在文学批评里寄托自己社会批判的热情。

　　文化研究是不是进行现实的社会批评的有效途径,暂且不论;时下相当多的文学作品缺乏社会性内容,使文学批评也无力介入社会公众关切的问题,却确实是很多人共有的感觉。这原因,我以为与多年来存在一种颇为明显的"个人化"写作倾向有关。上世纪九十年代以来,即有一些年轻的富有才情的作家,有意识地将自己狭小圈子里的生活感受和经验以至个人的经历,置于十分突出的地位。他们"用心体验最本能的冲动",故意忽略实际存在的社会关系及其对个人的制约和影响,作品里满是本能的欲望和男女间的纠葛。有的还竭力抽空人物身上的现实的社会、文化因素,从一些"时尚"的概念(如孤独、恶中有善之类)出发演绎故事,捏制人物,制造出虚假的"个性",从个人化走向了抽象化。在这些作品里,读者难以感知一般人尤其是底层民众真实的生存境遇、人生感受和对社会具体事物的情感评价,现实的社会文化内容确实是很淡薄的。

　　这种个人化的写作倾向,我以为是两极对立的思维习惯造成的。过去我们曾在机械唯物论和庸俗社会学的影响下,认为文学形象直接揭示普遍的政治经济范畴和阶级心理,是现实的直观的反映和政治观念的宣传,而讳言文学的人学的和审美的本质,否定作家独特的精神世界及其自由表现是文学的生命,结果严重阻碍了文学的发展甚至取消了文学本身。这段历史使人们痛切感受到这种文学观念的谬误。但是,两极对立的思维习惯,加上情绪化的逆反心理,使一部分作家,把个性的自由表现这个本来符合创作规律的出发点推向极端,把"个性"简单地理解为单个的"个人"、绝对的精神个体,把个性与社会性对立起来,把个性表现与对社会现实的反映对立起来,好像愈是远离社会现实,愈是排除个性中的公共的社会、文化因素,就愈能显示出独特的个性,就愈是"纯文学",愈有文学价值。这当然造成了文学社会性的贫乏,而现在对社会批评的重视,使这个问题凸现了出来。

实际上,真正的个性化写作是不会造成社会内容的贫乏的。因为现实社会中的人,如马克思说"并不是单个人所固有的抽象物",人的个性,除了生物性遗传的因素外,主要是在多种社会关系和社会矛盾中形成的,个性里一定会蕴含现实的社会、文化内容,作为社会成员的作家也不例外。优秀的作家,大多置身多种社会关系和文化关系之中,或较深地卷入过复杂的、尖锐的社会矛盾,而且比常人更敏于感受、体验和"感性"地分析它们,因而他们的个性,融入了更丰富的、深刻的社会文化因素;同时,他们又总是不加涂饰、穿凿,忠实地表达自己的情思。这样,他们的作品就既能表现出真实的独特的个性,又一定会从中折射出复杂的社会关系和文化关系,映照出深层的社会心理,投射出生动的社会面影,甚至显示出一个时代的某种动向。如果他采取的是现实主义的方法,还会因为相关的具体的环境(事件、细节等)描写,而在某些方面比较直接地展现出社会的实际状况。这样的文学作品,会再现出如英国文化研究代表性人物所说的包括"生产组织、家庭结构、表现或制约社会关系的制度的结构、社会成员借以交流的独特形式"在内的"整体生活方式"。

新时期初期直到八十年代前半期,人们还没有走向极端之时,曾有不少这样的个性化写作,既表现出作家真实个性,又具有深广社会意义,以至被推到当时的思想解放运动的前沿,深度参与了当时的"文化批评"。九十年代后,我们如果放宽眼界,也可以看到这样的个性化写作,如"现实主义冲击波"和"反腐"题材中的一些作品。就是在当下,同样有不少富有社会、文化内涵的个性化的佳作。如毕飞宇的一些小说,就是相当典型的例证。他进行"执拗的个性探求",然而同时认为:"文学当然是个人的",但并非是"私密的",应当"把'个人'放到更阔大的背景里去",而不能"有意地避让",因为"抽象的人是不存在的","人的'关系',才是前提,根本"。因此他常常选择自己"有切肤的认识"的"文革"为他的小说的背景,并悉心分析"文革"直到今天的我们社会的"基础心态"、"文化面貌"。在上述种种作品里,我们可以透过作者创造出来的人物的心灵及其环境,看到现时实际存在的社会关系、内在体制、意识形态和基层弱势群体的日常生活和情感、意愿，其中有的还显然触及了一些重大的社会、文化问题。

决意进行文化研究的人文学者，只要他们充分注意到文学的个性化的写作原则和审美的特征，完全可以把这类个性化写作下的文学作品当作自己的研究对象之一。这种文学的文化研究自然不能代替一般的文化研究，但是他们将会由此发现其他文化形态的文本所没有的深层的社会、文化现实，大有所获。

有我与有人

因为备课，偶然翻阅胡适的《五十年来中国的文学》，读到这么一段话："大凡文学有两个主要分子：一是'要有我'，二是'要有人'。有我就是要表现著作人的性情见解，有人就是要与一般的人发生交涉。"古文学既没有我又没有人；也有的古文学中还有点我，但总是没有人，"故仍旧是少数人的贵族文学"。这篇文章是 1922 年写的，读了不免有些感慨。

胡适在当年五四文学革命中不是激进的人，说话平实，却也很正确地概括了那时形成的新的文学观念。这个文学观念从五四以来是有许多可敬的前辈实践着、坚持着的，现在却至少那后一半——"有人"——似被当作落后的"传统观念"，要被破除了。现在一提到"社会"、"群众"，一些作者就皱起眉头，认为你不懂文学的真价值，不理解纯文学作家的襟怀。在他们心目中，社会意识必定造成非文学，"一般的人"总是"俗"，一接触就会破坏文学情思，必须远远离开，否则就成不了大作家。有时看看被定为"纯文学"的作品，作者沉溺在他一己的感情天地中，并玩赏他的孤独，在他一切细细的感情纤维里，几乎找不出一丝与外在世界和人们的联系。我只能感叹自己不幸是"俗众"中的一个，无由进入他的世界；同时也不由得想，这是新的贵族文学了。前一段浏览许多议论顾城之死的文字，更震惊于这种贵族文学观之"走俏"。顾城"抛"子杀妻，只顾自己，只爱自己，极端自私，完完全全以自我为中心。但竟有那么多论者对这不置一词，一味惋叹他的天才，追慕他不同凡俗的心境，揣摩他独特的"形而上的思考"，要人们小心不要用"俗人所理解"的人生去理解他，甚至对"一般的道德评判"表示轻蔑和厌恶。精神上的贵族有这么多崇奉者，大概只应有我不应有人的文学观，快要风靡文坛了。

顾城确实是一个有天分的、曾经对新诗的发展作出一点贡献的诗人。但我们可想一想他是怎么成名的？他写在七十年代末八十年代初的一些"朦胧诗"，如"黑夜给了我黑色的眼睛/我却用他寻找光明"；"你/一会看我/一会看云/我觉得/你看我时很远/你看云时很近"；以及"戴孝的帆船/缓缓走过……"等诗句，就不仅是他那个"我"的心声，同时也写出了那个极左路线阴影下的社会真实，抒发了许多"一般的人"的苦闷和渴望。而他后来到底有多少动人心魄的诗作呢，包括那本向往一妻一妾"女儿国"生活的小说《英儿》，他的作品从内容上说，与一般淳厚良善、心理健全的大众，没有多少关系了。在 1986 年初收有顾城诗作的《探索诗集》的《序》里，老诗人公刘已经对"若干人"讲了几句"不中听"的意见，他说："经过心灵之砥的锻造，'自我'要成为一柄钥匙，再用以启开别人的心灵。也就是说，诗人的'自我'必须与读者的'自我'相沟通。"我猜测顾城对这种忠告是不会感兴趣，他们早把这看作"陈腐"的说教，恰恰怕与别人沟通会丧失成为大诗人大作家的必要前提哩。但我不禁想起了一个更老、更"陈腐"的说教，那就是歌德所说的：诗人"要是他只能表达他自己的那一点主观情绪，他算不上什么；但是一旦能掌握住世界而且能把它表达出来，他就是一个诗人了"。诗人的"一切健康的努力都是由内心世界转向外在世界"。我相信完全转向内心的读者们只有打出一条通向社会、群众的途径，才能成为真正的诗人。

我因为俗务多，所以接触一般群众——"俗众"也颇多，我实在觉得鄙视他们的作者有点狭隘和狂妄。因为我时时发现他们之中的许多人，虽然根本不写诗写小说，却也有美好的情趣，深沉的思索，对是非善恶严肃的爱憎，以及时代脉搏的敏锐感应。他们对现在的文学是有点冷淡的，但这首先是因为文学不关心社会，不贴近百姓，他们在那些作品里看不到自己；而"文学"却又因为受到冷遇更觉得他们"俗"，这样就恶性循环了。平心静气地说，在中国现时，五四的有的传统还是不能丢的，还是要像五四老人冰心几年来一再说的那样，不写"与生活不切合，或不知人间甘苦，带有幻想色彩的东西"；"多写一点社会上的实况"才好。也就是说，不要老是仰望"形而上"的云空，"逼视"自己的内心，目中无人；在这之余，应当以普通人的态度，深入社会，以自己的心发现大众的心。总之，不可无我，也不可无人。这样，再加艺术上的创新，则现在既能"以优秀的作品感染人"，又因为在作品里摄取了一代人的心灵和社会的面影，而可传诸后世，对文学作出永久性的贡献。

两本书支撑我走过半个世纪

从我记事以来的半个多世纪中，平凡如我，有什么可记忆、可珍惜的呢？

人的生命需要精神的支撑。支撑过我生命的东西，我铭记不忘，它好像已融入我的血肉，无法离弃，甚至成为本能。因而与这种精神的相遇，就是我个人的生命史上的"大事"了，虽然它对于旁人，也许只是微小的火花，一闪即逝，并不辉煌。

我说的是两本书。

我现在还记得，十岁那年在偏僻乡下的家门口，怎样入迷地捧读奥斯特洛夫斯基的《钢铁是怎样炼成的》。它用薄而粗糙的土黄纸印成，软沓沓的，梅益翻译。后来略略查考，应是解放前出版的初译本。那一天下午，我看完了合上书本，久久望着门前池塘的粼粼波光出神。呵，保尔·柯察金，很远又很近的保尔·柯察金！他与冬妮娅在池塘边相识，相恋，多么纯真的、美好的青春友情！却终于破裂，分手，使我非常伤感。他在牺牲的同志墓前悲伤默想的那一段话："人最宝贵的是生命，生命属于人只有一次。人的一生是应当这样度过的：当他回首往事时，他不因虚度年华而悔恨，也不因碌碌无为而羞耻。这样，他在临死的时候就能够说，我的整个生命和全部精力，都已献给世界上最壮丽的事业，为人类的解放而做的斗争了。"更猛然地撞击我的心弦，使我周身热血奔涌。从此，"碌碌无为"、"虚度年华"成为我最严肃的自我告诫，心中如有警钟长鸣。而书末尾，保尔瘫痪在床焦急地等待他的小说能否出版（这对他来说意味着是否重返"战斗队伍"）的消息时，书中写道：

> ……他反复地问自己：
>
> "为了挣脱铁环，能够归队，使你自己的生命变得有用，你是否已经尽了一切力量呢？"

他每次的回答都是：

"是的，我似乎已经尽了一切力量了！"

这在我读来，简直就像诗一样，崇高、美丽、深沉、悠长，使我沉浸其中，不知道其他还有什么更高远的心灵境界。就是这样，保尔，那个遥远的北方的乌克兰青年布尔什维克战士，成为我这个中国南方偏僻农村孩子无比亲近的熟人。他的痛苦、欢乐、迷惘和振奋，好像都与我有牵连似的，都是我非常熟悉的好像曾经发生在自己身上的情感。这真是奇怪得很。1985年瞿秋白烈士就义五十周年，我赴长汀参加新的纪念碑揭碑仪式，长汀县委的同志要我写几句话留念时，我写道："瞿秋白是一个真诚的革命者，他为中国人民的解放事业献出了自己的整个生命和全部精力，人们将永远不会忘记他。"写时不假思索，事后我忽然憬悟，我写的与保尔·柯察金的那段内心独白，是多么相似。

不仅是情感，就连我的语言，也一度保尔·柯察金化了。也许情感和语言本来就是根本分拆不开的。《钢铁是怎样炼成的》是带有自传性的小说，因而我在潜意识中把作者与保尔混成一体，而深受感染了。我读的那个初译本，语言有点欧化，句子长，倒装句多；常有一种明丽带着忧郁的抒情调子，语气词多用"呵"……它使我沉醉。大概因为我没有"化"到家，又兼可能如译者后来所说那样，初译本比较"粗糙"，所以此后我写起文章来，语句总是拖泥带水。但我老是摆脱不掉。约七十年代初，我看到一本某大学相关教研组集体翻译的本子，觉得大不一样，要说语句是简洁得多，却仿佛被冲洗掉了我所熟悉的意蕴、情调，看了几页就丢下手，心里非常失望。1990年我终于购得梅益的译本，像重逢失散几十年的故友、亲人一样，兴奋之情与这时的年龄不大相称。但细读之后，与那初译本还是不完全一样。它是1952年梅益"修改"过的，有的句子改了几个字或标点（我是清楚记得的），我想那一定是为了译得更"信"的缘故，无可厚非，但在我是产生了一种"失落感"，仿佛旧友面目非昨，不免令人惆怅。

这一本书，为什么如此吸引我，使我心迷神醉呢？在杭州念初中的时候，正是明朗、单纯的五十年代初期，在团市委工作的姐姐曾启发式地考我："你说说看，你最尊敬的英雄人物是谁？""保尔·柯察金"我说。"为什么？你要向他学习什么呢？"很多话涌上我的喉头，但结果嗫嚅着一句话也没有说出来。那么后来呢，后来我也从未想过如何回答。真正的文学作品的主题、思想，实在是说不清楚的；真实的人的丰富的、深邃的心灵世界不是一两句话可以概括的。一提到保尔，一个个使我魂牵梦萦的情景就出现在我眼前，一团朦胧、激越的情感就在我胸中跃动、升腾起来，而一直没有去分析过。

我现在想,那应当说是一种永远革命的、进取的、视掉队落伍为最大痛苦的性格,一种执着的、仿佛与生俱来的追求人生意义、实现生命价值的热情;以及由此而来的纯洁、真诚、宁折不弯的品质,并且整个身心充满青春的光和热,就算人已病弱或将衰老,也不会改变。

这种人格给人以无畏的力量,远大的目光,足够的自信和远离庸俗的清洁的情怀。是的,首先说到"革命"。今天的青年是绝少把革命与进取、纯洁、真诚和青春的力量联系起来的。但在《钢铁是怎样炼成的》和保尔那里,确实是非常真实地联系着的,简直不能想象有相反的情形。正因为这样,使我至今不讳言"革命"。不过另一方面,即使在当时,我又觉得保尔的一切不是"革命"两个字可以包容、可以穷尽的。它通向人的精神世界里更深厚、更广远的地方。例如,他的豁达胸襟与处处提防他的铁路工厂团委书记的小气、做作、专断形成多么鲜明的对比;他对淫邪小人不可克制的愤怒,又使他在"粗暴"中显出多么亲切可贵的人性!他曾使我在政治上虚伪做作、陷害暗算成为风气的环境里,给我心理以抵抗的力量,使我平静地度过一个阴暗、混乱的时期,没有悲观丧气,委顿下来。

斗转星移,世事沧桑。人渐渐老去,时代也确实已有些不同,人们说是社会和文化"转型"了。保尔·柯察金给予我的热烈的理想和信念,好像变得幼稚了。因而我把它深埋在心里,不大表露。但私心总认为,如果"幼稚"是与真诚为伴,与生命的价值相连;如果"成熟"后面跟着世故,最后走向停滞,那么,幼稚比成熟要好。

带着这种热情,我在中年又遇上了另一本好书《傅雷家书》。它从 1985 年起也深深地进入了我的内心生活,与《钢铁是怎样炼成的》一起,共同成为我此后生命的支撑,以至于今。

1985 年前后,西方的种种新的和旧有的文化观念蜂拥而来,来了以后对于我们都是新的。这给思想界带来令人欣喜的活跃和许多有益的滋养,但同时也形成某种程度的盲从和一味求新、唯"新"是从的倾向。社会上一般人的价值观念和人生目标也在变化,并且好像必须发生更大的变化才能符合潮流。我有点惶惑。加上当时家累重,工作忙,琐琐屑屑的矛盾多,更加心浮气躁。这时,《傅雷家书》恰似一副安神药、清凉剂,使我重新踏上实地。

傅雷既具有西方文学艺术深广的知识、学养和卓越的鉴赏才能,又对中国优秀的文化传统有深刻的认识,对中国传统的文化精神(或者说文化思想)有着透彻的领悟。他关于中西文化思想的比较,评述细致翔实,判断要言不烦,深入底里,处处发人深思,胜过这时许多有关的译介和编著的内容。他认为中华民族在精神上比西方人"更自然，更健康"。例如美国人传统文化的熏陶欠缺，虽然"能创业，能革新，但缺乏远见和明智"，"这等人要求的精神调剂，也只能是粗暴，狂烈，简单，原始的娱乐；长此以往，恐怕谈不上真正的文化了"。

当然，中国南宋理学曾大大拘束了中国知识分子，规行矩步，头脑迂腐，锢闭了性灵，但是总的说来，中华民族更懂得如何对待人生。傅雷在书信中娓娓而谈，又有很强的逻辑力量，使我心悦诚服。他本人的"学贯中西"，也使我相信，他是不会错的。不过《傅雷家书》最使我怦然心动的并不是他的中西文化比较论，我不过是有感于当时的偏向而首先对此产生印象而已。我最悦服的是他通过这种比较所表达出来的关于人、人生、世界及其意义的绝不褊狭的视野广阔的见解，他的对人类共有的高尚道德、情感和目标的追寻。他还有不少直接关于人生问题的哲理性思索，都穷根追本，说尽了活着的意义。这些都给了我以处世的方针，并常常成为我精神游弋的归宿地。

根本的问题确实是活着的意义的问题。傅雷认为，人生的意义就在于"完美地享受人生"。他所说的"完美地享受人生"，不消说绝非流俗的吃喝玩乐，也不是古之"名士"派头、今之"怎么都行"的"后现代主义"时髦人士的游戏人生。人在根据自己的经济能力安排好简便的物质生活之后，重要的是要有精神的追求，追求人生的意义。傅雷书信中谈论他对文学、艺术坚韧而愉快的研修，他对一种发自内心的行云流水般自然的艺术的向往；他以此来循循诱导傅聪如何为学和处世，还处处有他自我襟怀的情不自禁的抒发。他总是说，生活中要不为物质所累，"争取更多的时间，节省更多的精力来做些有用的事，读些有益的书"，不倦地工作，不停地进取，从中来实现精神追求。而这种精神追求的过程，就是对人生的完美的享受。

傅雷这种深刻的人生观又决定了他的严肃、真诚的人生态度。他说生活中充满矛盾，"人生的关过不完"，艺术也没有止境，但只要有这种追求，就会"在工作中乐以忘忧"，就会感到充实，就总在前进。并且，处事待人中，可以"用自己本来的面目"对待一切，守住人格的尊严；可以保持"赤子之心"，不会虚伪做作。而"永远保持赤子之心，到老也不会落伍，永远能够与普天下的赤子之心相接相契相抱"！有了这样的精神追求，也就能够实现生命的价值。傅雷的这些谈论，对于当时处于繁杂公务、家务和情绪波动中的我，是一副安神清凉药剂，启示我如何在积极、稳定的精神追求中，实现自己的人生价值，如何在这种追求中，去领略真正的人生乐趣。

另一方面，傅雷又是非常洒脱的。他以工作、斗争、学习、进取来享受人生，同时

"又随时准备飘然远行,高蹈,洒脱,遗世独立,解脱一切"。这是近于中国传统文人赞赏的"魏晋风度"的(我因而很快就去买了一本《世说新语》认真一读)。不过他的洒脱中又含有现代性的哲理思索。他深刻地指出了人在世界中的位置。早期资产阶级人道主义断然肯定人为世界的主宰,从而自我扩张。傅雷认为人并不高于一切,人在大千世界中有时显得微不足道,面对浩瀚的星云,人应当"自笑愚妄"。个人更是如此。因此我们要"多想想人生问题、宇宙问题,把个人看得渺小一些",把生死看得淡一些。而这样"想想"的人,"结果身心反而舒泰,工作反而顺利"!洒脱的态度来自透彻的思想,看透人生却又积极进取,还有比这更好的更值得效法的人生态度吗?我悦服于他的睿智明达,我默默感谢他对我人生之路的指点,以至我容不得人对他有什么指摘。不久前报上有一篇短文,批评傅雷对傅聪的教育和要求太过严厉,还一本正经地端出一套教子方法,我就十分反感,觉得作者在舍本求末,察秋毫之末而不见舆薪。当然,也许我对傅雷到了迷信的程度,倒是我偏执可笑了。但这实在是我热烈的敬服所致,同时又是出于保护自己的精神支柱的激情吧!

对傅雷精神上的依仗,并不意味着保尔·柯察金在我的心中隐退了。不,只不过中年的我,由于具体环境、时代和知识分子的情志比较迫近,傅雷站到了我心坎的前沿,而保尔在后。在我的无意识中,两人在精神上难分彼此,共同构成支持我的力量。我也想过,看上去也是有点奇怪的:一个是二十年代异国年轻的共产主义战士,一个是五六十年代中国具有本国传统文化思想的中年知识分子;一本是描写剧烈革命战斗生活的小说,一本是抒发书斋生活感受的书信集子,差异很大。但是现在如果稍作冷静的分析,那么,他们执着地追求人生意义、实现生命价值的精神境界,是一样的。从而,他们都不倦地学习进取,不断地工作、战斗;他们都真诚,坦荡,自尊,反庸俗,反虚伪;甚至有一些具体的言谈,如希望生命"有用",害怕一朝"落伍"等等,都惊人地一致。至于傅雷人生态度洒脱的一面,就其不慕荣利名位,淡然于个体生死的精神实质而言,保尔也是这样的。保尔不同样是通达的人生理想的求索者吗?而傅雷,在另一方面,不同样是人生战场上顽强搏击的战士吗?

两个人、两本书的貌异神合,使我深信,高尚的人的人性是相通的。共同人性不仅表现在人的自然属性上,也表现在高尚的人精神的相通上,而不同的人性一定会随着世界文明的进步,不断地进向高尚、圆满的境地。在这条根本道路上,我们不要落伍,不要掉队。

近几年来我的科研项目是现代文学与人性、人道主义问题。由于行政工作太忙,才力又小，进展甚慢。但我一直兴趣浓郁而又神闲气定地进行着。《钢铁是怎样炼成的》和《傅雷家书》当然不在这个研究范围之内，但从这两本书得来的感受却也支持我坚持这项研究。因为，通过这两本书，我又一次认识到优秀的文学作品（《傅雷家书》也是文学作品）都是对人性、人的价值的深切的表现和发掘；因为，研究人的意义和对人性的探索，本身是对人的生命的支撑。除此，还有什么对这项研究更重要的呢？

二十一世纪的钟声就要响起来了。新世纪的钟声之后，我想这两本书将仍然在我心中，一直到我生命的终点，而不会忽然跌入"后现代"的"无意义"中去的。

我希望在新的世纪中，有更多优秀者会以他们的精神创造，给我心田两棵不倒的大树，以春风夏雨，繁枝密叶，使其更加茂盛苍翠！

大学人文精神谈片

一

人文知识不等于人文素养,人文学者未必都具有人文精神。近年来,高校中不止一个相当知名的人文学者剽窃他人的著述,学林里盛行商业性的人才炒作和成果"包装",都是明证。在少数人文知识分子那里,科学研究不是为了求知求真,发表论著不是为了传播对社会有益的知识和思想,而是为了获得个人的名声("名"还可以转化为"钱")。有的甚至常常在琢磨"如何才能出名"的门道,心心念念是"出名要早"。名缰利锁,使他们失去了精神的自由。这样作出的人文研究著作,没有作者生命的融入,是他们的身外之物,是死的。这样的人文学者,与人文精神无涉,并且合乎逻辑地,会在某种气候和时机里,做出那些让人摇头的事情来。

二

人文学科研究与商品经济的目标和原则,是不一样的。人文学科的灵魂,人文精神的真谛,是对人的命运的关切,对人的价值的肯定,对人生和生命的意义的探寻。它的最高目标,是对人的解放之路的无止境的追求。商品经济,则以等价交换为原则,以利润最大化为目标。因而,置身在市场经济体制业已形成、商品经济日益发展的社会里的大学和人文学者个人,要能够抵御这种商品法则的冲击,以免人文精神的失落。但是,人文精神与商品经济的发展又不是截然对立的。商品经济比之于农耕时代的小农经济,是进步的经济形态。如果能够处理好它与人自身发展的关系,是可以拓展和丰富人性的内容的。例如商品经济利于满足人的享受需要,这就既是当时欧洲文艺复兴人文主义反对封建教会神学、要求世俗幸福的内容,也符合当今国家不断提高人民物质生活水平包括知识分子生活待遇的愿望,并不与人文精神相悖。因而我们不必一听到市场经济、商品大潮即生反感,觉得有污清听。问题只是在于不要用商品经济的法则来支配人的精神生活、学术活动,要防止物欲膨胀压抑了精神的飞扬,在物质需求后面要有深长的人文主义的思考。事实上在这一点上人们正有所前进。即如商业活动本身,也逐渐有了人文关怀的因素。"以人为本"(注重商品的安全性和人情味)已是一些商家的口号,商业诚信(是尊重别人也尊重自己的表现)正在普遍提倡。只要这些是出于真心,而不是作为一种隐蔽的"投资",目的在于赚更多的钱,那也是人文精神的一点体现。

三

大学人文学科的职责,我以为可分为两个层面。一个层面是,其科研,直接给当下的社会进步事业以智力支持,直接服务于社会;其教学,培养学生具有切实有用的专业知识、方法和能力,使他们获得服务社会、建设国家和自己谋生的本领。这些,是我们一直在强调的,完全必要的。不过这只是一个层面。

对于大学来说,还有一个更高的层面,是通过学术成果向社会辐射、播撒人文精神,通过教学培养学生具有人文精神。这种人文精神,已如上述,如果简括成一句话,就是对于社会人生的真理的坚守和追求。这种人文精神,与自然科学研究中所体现的科学精神相通,都是对真理的追求,只是所取的对象、所用的手段不同;这种人文精神,包含了科学精神一个重要之点:科学也要考虑对于人的生存和幸福的价值所在,也要关切人的命运和前途。

人文精神,往往比较集中地体现在一些基础的人文学科中。如学习和研究文艺学,可以提高人的审美志趣和能力,提升人的精神境界;学习和研究了中国历史,才能真正建立深厚的、牢固的爱国主义情感,等等。这些基础性的人文学科,不直接发生实际的社会功效,但是可有强烈的人文精神,因而大学要坚持进行深入的研究。在研究具体的可直接作用于实际的社会问题时,也应对其相关的基础理论、人文底蕴有所思考,甚至发掘出人文精神的新因素,而不要完全就事论事。同理,大学的自然科学研究,不能止于"技术",而要探讨"科学"和科学精神,"科"、"技"两面其实不能完全等同。

这是大学应当有的"学术研究",是大学不同于具体实践部门的地方,是大学需要存在的十分重要的理由。因此,五四时期任北京大学图书馆主任、经济学教授的李大钊曾说:只有学术的发展,值得作大学纪念,只有学术的建树,值得"北大万岁万万岁"的欢呼。因此,哈佛大学的校训说:"让真理与你为友"。正因为学术研究是与真理为友的,而真理与天地同寿,所以真正的学者总是对学术抱着真诚的、虔敬的态度甚至敬畏的心情,孜孜以求,以生命相许,不敢亵渎和冒犯,有时甚至只问是非不问功利。追求真理,现在听起来好像有点迂执,但大学里的学者不能完全没有这种脾气。如果对于学术研究有这种真诚、虔敬,以至融入自己生命的热力,那么,不必说不会去剽窃、炒作、"包装"和粗制滥造,而且另外两种流行多年的毛病:满足于"自圆其说"和照搬外说(包括话题),而无意求真,也会被逐渐克服了。

四

人文精神并不为人文学者所专有,普通民众中的许多人也具有。我们看到不少十分普通的干部和百姓并没有多少哲学、伦理学、历史学、文学等学科知识和深的理论修养,讲不出多少人文主义的道理。但是他们人喜欢文学作品和具有文学性强的影视,而文学往往是充满人文性的。他们对渴望读书的孩子、对要求改变贫困处境的群众、对身患残疾或重病的不幸的人,真诚施以援手,倾注无限热情。听他们的事迹,看他们朴实的面容,使我们常含热泪。他们对人的生命的珍视,对自己同类尤其是幼者的关爱,正是一种仿佛发自人类本性的人文精神。而我们有的人文学者,常常谈论对人的终极关怀,却以"精英"自傲,对文化水平较低的民众的哀乐不屑一顾。他们可能积累和深化了人文精神的理论见解,却失去了它的魂魄。自视特殊的"精英"意识,与人文精神是不相容的,与二十世纪以来的世界文化思潮是背道而驰的。

图书在版编目(CIP)数据

平静/王铁仙著. —上海:华东师范大学出版社,2017

ISBN 978 - 7 - 5675 - 6858 - 7

Ⅰ.①平… Ⅱ.①王… Ⅲ.①散文集-中国-当代 Ⅳ.①I267

中国版本图书馆 CIP 数据核字(2017)第 211517 号

平　静

著　　者　王铁仙

责任编辑　阮光页

审读编辑　林雨平

责任校对　王丽平

装帧设计　卢晓红

封面绘画/插画　许尤佳

出版发行　华东师范大学出版社

社　　址　上海市中山北路 3663 号

邮　　编　200062

网　　址　www.ecnupress.com.cn

电　　话　021 - 60821666

网　　店　http://hdsdcbs.tmall.com

印 刷 者　上海中华商务联合印刷有限公司

开　　本　787×1092　16 开

印　　张　10.25

字　　数　149 千字

版　　次　2017 年 12 月第 1 版

印　　次　2017 年 12 月第 1 次

书　　号　ISBN 978 - 7 - 5675 - 6858 - 7/I · 1750

定　　价　45.00 元

出 版 人　王　焰